ÍNDICE

A Olivia

EL JARDÍN JAPONÉS

vOCES / LITERATURA

COLECCIÓN VOCES LITERATURA

Fotografía de portada: *Caligrafías,* Raúl Jiménez
Fotografía de solapa: Felipe Salgado

Visite nuestro fondo editorial en www.ppespuma.com

Primera edición: abril de 2007

ISBN: 978-84-95642-90-5
Depósito legal: M-5538-2007

© Antonio Ortuño, 2007
© De la fotografía de cubierta, Raúl Jiménez, 2007
© De esta portada, maqueta y edición,
Editorial Páginas de Espuma, S. L., 2007
c/Madera 3, 1º izq. 28004 Madrid
Tel.: +34 915 227 251 Fax: +34 915 224 948
E-mail: ppespuma@arrakis.es

Impreso en España, CEE. Printed in Spain.

Composición: equipo editorial
Fotomecánica: FCM
Impresión: Omagraf, S.L.
Encuadernación: Seis S.A.

ANTONIO ORTUÑO

EL JARDÍN JAPONÉS

PÁGINAS DE ESPUMA

ARS CADÁVER

Para Juan C. Idígoras

—ES UNA PIEZA NOTABLE —dice Ugo con vocecita arrogante de *connossieur*—. Míralo: es un zapato que encontré en el metro Partenón. Pertenecía a una chica que se arrojó al paso de los vagones cuando supo que no había conseguido plaza en la Universidad. ¿Notas la mancha púrpura en la suela? No, por supuesto que no es sangre, la sangre estaría negra a estas alturas *y apestaría*. Es acrílico rojo para figurar sangre, es *mi* toque, ese toque que Éctor *no agrega*, porque él exhibe las cosas *tal como las encuentra, ¿verdad?*

Éctor está cruzado de brazos y ofrece un gesto mínimo de fastidio. Es tan delgado como Ugo y resulta arduo diferenciarlos debajo de sus sombras de rimel y sus estrechos ropajes color cobre. Debería distinguirlos, Ugo es mi hermano y Éctor sólo su socio y hace pocos meses que vive en el Taller. Pero no suelo distinguir a los habitantes del Taller en más categoría que quién tiene senos y quién no.

—En cambio —refuta Éctor, y me doy cuenta que lo hace como un nuevo movimiento en el ajedrez de una discusión que antecede mi llegada—, esta calzaleta la encontré en un lugar no especificado. *No sé* a quién pertenece *ni me inte-*

resa si fue usada por un pie femenino o uno infantil. Es un objeto en sí mismo, un orbe cerrado al que sólo podemos espiar por la ranura de un compartimento.

–¿Decidiste *ponerla* en el compartimento? –inquiere Ugo, trabados los dientes y alarmada la voz.

–¿Un lugar no especificado? –digo yo, que soy un poco lento de reacciones.

–No especificado. Jamás diré dónde encontré la calzaleta, porque la estaría *cargando de anécdota* y despojándola de su individualidad en cuanto a objeto. Y sí, *la meteré* en el compartimento y *tendrán* que verla por medio de un telescopio.

–¿Telescopio? *¿Cómo puedes…?*

Alguien abre la puerta de madera con violencia, y su cuerpo esquelético anuncia que es Hana, actriz consumada, y su ropa color cobre agrega que es administradora del Taller y novia de Éctor.

–Éctor *va a meter* la calzaleta al compartimento. Y además *va a usar* el telescopio –denuncia Ugo en cuanto la ve, con premeditado acento bélico.

Pero a Hana le estremece los hombros un ligero temblor y curva una de sus manos hacia el rostro con ademán desolado.

–Vengan al congelador, vengan, por favor vengan. *Húrsula está muerta.*

Hana se abraza a sí misma y aprieta los ojos como si fuera a llorar. Éctor y Ugo intercambian una mirada de fatiga. Hana contempla a los dos sujetos vestidos de color cobre que la miran sin aprobación.

–Convicción –dice Ugo–. Te falta convicción. No te creí nunca, ni por un momento.

–No –corrige Éctor–. El problema es que fuiste excesivamente melodramática. Si Húrsula apareciera muerta no podrías llorar ni te pondrías así. Quizá te daría un ataque de risa o quizá escupirías. El subconsciente es materia *totalmente impredecible.*

Hana se recompone en un instante, enciende un cigarro y cuando se da cuenta de que le estoy ofreciendo un vaso de agua, sonríe durante un largo instante. Su mano es tibia. Ingiere el líquido de un trago.

—No me interesa el realismo —susurra, con la voz ya serena—. Me interesa comprobar las reacciones ante el episodio estético del anuncio de la desgracia. Uno no tiembla ante el hecho mismo, sino ante su narración. Si veo morir a mi madre, me encojo de hombros. Pero si me dicen que ha muerto, me derrumbaré…

Recorro el oscuro pasillo de madera que lleva al sótano donde se encuentra el congelador. Húrsula yace, sin parpadear, bajo las compuertas transparentes de plástico, los brazos cruzados sobre los desparramados pechos, enfundada como una longaniza en sus ropas de color cobre. Húrsula no es bella, pero mi hermano asegura que es buena en la cama.

—No le creyeron a Hana —aviso.

No hace un solo gesto, pero una vena inmensa le salta en la sien y una lágrima cae desde su ojo derecho, descendiendo a lo largo de su fofa mejilla hasta perderse cerca del nacimiento del cuello. Su rostro comienza a descomponerse. Está furiosa.

—¿No vendrán? ¿*No vendrán*? ¡Pero si llevo todo el día metida en *Ars* cadáver! —tal es su protesta.

—Lo siento.

—Puedes irte —dice sin abrir los labios.

El Taller es la casa en la que vivíamos cuando éramos chicos, una anticuada mansión que nuestro padre olvidó vender y nuestra madre nunca decidió redecorar. Cuando Ugo entró a la escuela de arte —en la época en que era simplemente Hugo, y Éctor era sólo Héctor y Ana y Úrsula no habían agregado aún las haches iniciales a su nombre—, nuestros padres le propusieron que la utilizara como estudio. Ugo se negó, porque la casa se encontraba en el centro y el centro era una zona devaluada entonces, pero un par de años después volvió a resultar aceptable, y Ugo recapacitó.

Sacamos del desván alfombras, lámparas, muebles y aparatos pasados de moda y decoramos el caserón, necesariamente, en el estilo de la época en que nacimos: cortinas estampadas, tapetes floridos, fotografías enmarcadas sobre las mesas, libros de arte editados por los bancos en los libreros. Ugo invitó a sus amigos para que se instalaran en la casa y, pronto, el Taller contó con una buena cantidad de abonados: artistas, actores, músicos, un hombre de unos cuarenta años que terminó por confesar que era veterinario y no tenía dinero para un alquiler, y un tipo de enmarañada barba que pintaba acuarelas y hacía confusos experimentos con electricidad.

El acuarelista desapareció luego de unos meses –nadie en el Taller lo tenía en la menor estima–, pero dejó como herencia el congelador, una amplia nevera horizontal en la que cabía un cuerpo humano recostado como en un ataúd, que fue bautizada por la comuna como *Ars* cadáver. Cuando alguno de los habitantes del Taller se cansaba de la tumultuosa vida de la casa, se introducía en *Ars* cadáver, cerraba la compuerta y meditaba a placer sobre las incomodidades de la muerte.

La mayoría de los abonados del Taller vivía en la planta baja, aunque se les permitía subir a los salones principales los fines de semana o las noches en que la discusión sobre alguna pieza particular causaba que las frecuentes pugnas entre Éctor y Ugo alcanzaran niveles de violencia notables –*verbigracia*, la ocasión en que Éctor le arrojó a Ugo un vaso de cocacola e intentó luego hacer que metiera los dedos a un contacto de electricidad.

Formados en dos líneas opuestas de *contemplativos* (aquellos que no sabían dibujar ni querían aprender) e *hipotéticos* (aquellos que sabían, pero no les daba la gana ponerlo en evidencia) los habitantes del Taller votaban a favor o en contra de las posiciones de sus líderes. Los *hipotéticos*, encabezados por Éctor, eran más numerosos, y generalmente salían triunfantes en las votaciones.

Por la mañana, Ugo hace bromas sobre el aspecto desvelado de Éctor y Hana, pero ellos confiesan que no, que anoche estaban tan cansados que no hicieron nada.

–Además, el bote de lubricante *estaba vacío*. No puedo creer que compráramos un bote de lubricante el sábado y ya no quede nada. Eran *tres litros* de lubricante –refunfuña Éctor.

Nos reímos de su tacañería: en una casa con media docena de parejas fijas y otras tantas ocasionales, un bote de lubricante tiene tantas posibilidades de sobrevivir como un perro en mitad de un *boulevard*.

Húrsula aparece un rato después, se niega a compartir el café y engulle uno tras otro cinco panes dulces. No habla sobre su permanencia en el congelador, pero sigue cabizbaja.

–Anoche escuché pasos junto a *Ars* cadáver –dice al fin–. Tuve miedo.

Éctor masca el cereal con leche con la boca abierta, y Ugo le dirige sin éxito alguna mirada de reproche. Hana ensaya muecas en un espejo de mano.

–Pasos pesados, pasos de hombre –insiste Húrsula.

–¿Estamos interesados? –le susurra Éctor a la caja de cereal–. *No, no estamos* –agrega, con voz chillante y untuosa de caja de cereal.

Húrsula frunce el ceño cuando le son escupidas las risotadas de toda la plana mayor del Taller.

Por la noche, revolcándome en mitad de dos pesadillas, recibo en la cabeza la imagen de una silueta pesada, torpe, que pisotea la moqueta alrededor de la nevera mientras alguien, refugiado en su interior, suda y se estremece. Abro los ojos. Un rayo parte el cielo nocturno. Escucho crujir la compuerta de *Ars* cadáver.

El desayuno es una compota gris, que Ugo ha cocinado sólo con ingredientes naturales, y que hemos bautizado como «Menú andrógino». Parece ser que el «Menú andrógino» contiene tapioca y arroz, pero sus vapores marinos, según asegura el puntilloso Éctor, evocan el bajo vientre de una sirvienta no muy aseada.

—El cuerpo no requiere los sabores, sino las sustancias —sostiene mi hermano, sacándose de la boca con toda discreción un imprudente bocado de «Menú» y envolviéndolo en una servilleta de papel.

—Por el contrario, el cuerpo sólo requiere los sabores. Si algo sabe bien, es bueno para el cuerpo. El veneno debe tener un gusto horrible. Como esto —Éctor clava su cuchara en el plato rebosante de «Menú andrógino» y se marcha.

Los gritos de Húrsula llenan la noche. No son gritos de dama en apuros, sino de osa preparándose para morder.

—Juro que oí pasos. Pasos de hombre, zapatos claveteados.

Hana bosteza con la boca muy abierta. Éctor se frota los ojos enrojecidos, y su mano rasca de tanto en tanto su entrepierna. Ugo reconforta a Húrsula llevándosela a la cama.

Sueño que recorro el Taller con una lámpara, en busca de rendijas por donde pudiera entrar el gigante de los zapatos claveteados. Descubro una ventana abierta, en el centro de una habitación blanca e indistinta, por la que fluye el hedor característico de la mierda fresca, el hedor de un sanitario público o de un niño de la calle. Cuando quiero cerrar la ventana, descubro que el monstruo acaba de regresar a la habitación.

—Los sueños son un desequilibrio *equilibrado* —me dice mi hermano—. Satisfacen las curiosidades de la mente, la llevan a donde quiere ir y uno no la deja.

—Por favor —se queja Éctor, acariciando sus nuevos y aparatosos tirantes rojos con los pulgares—. Darle sentido a un sueño es como acostarse *con un pediatra.*

Húrsula se come tres panes dulces y Hana practica sus mohínes en el espejo de mano. El gigante no es tal. Sus zapatos son unos mocasines baratos, con suelas de baqueta que resuenan en la cocina. Es de noche y estamos reunidos, en mitad de un debate sobre el sazón de Éctor para el pescado. El tipo es gordo y no demasiado alto, con una barba enredada que se le mete a las comisuras de la boca. Muestra unos inquietantes colmillos y es obvio que le falta más de un diente. Tiene un revólver en la mano.

—Pero si es el acuarelista, el que hacía los experimentos eléctricos —descubre Hana, quien se ha metido el espejo cuidadosamente por el escote y ha puesto los brazos en jarras en torno a su linda cadera.

—¿El acuarelista? —El gesto de Húrsula demuestra el esfuerzo supremo por recordar algo que preceda a su tratamiento con pastillas.

—Viene por su nevera —maldice Éctor, quien ha perdido el color de la cara y desgarra la carne de su pescado sobre el plato sin llevársela a la boca.

—Pero *Ars* cadáver es nuestra —opone débilmente Ugo.

El acuarelista es, según toda evidencia, preverbal. Sólo muestra el revólver —símbolo fálico— y los dientes —amago de furia— y se apoya en un pie y en otro alternativamente, como si estuviera por decidir a quién disparar primero.

—La épica no es una opción. La autoironía la ha hecho imposible —reconoce Éctor, un poco sombrío—. No podemos *simplemente* atacarlo. Ah, si tan sólo mis *hipotéticos* estuvieran aquí

—El voluntarismo no puede con las pistolas —mi hermano trata de interponer algún otro cuerpo entre el cañón del arma y él mismo y añora de paso a sus *contemplativos*.

Hana ya ensaya sus últimos gestos, ya acomoda la boca en la mueca final que desea en sus belfos. Húrsula, digna como una ninfa —una ninfa celulítica y rotunda—, alcanza el cuchillo de la mantequilla y se pone de pie y enfrenta al monstruo figurativo que nos ha dado caza. Éctor y Ugo, idénticos en sus ropas color cobre, están rezando a dioses inimaginables. Húrsula levanta el cuchillo y embiste. El acuarelista dispara.

¿Un disparo es un disparo?

Si huele a carne es Babel

Berta bailaba. Se afanaba en escribir poemas y en recitarlos cuando tomaba más de dos vodkas. Me apenaba un poco escuchar aquellos adjetivos saliéndole de la boca como saliva mal contenida, pero Berta era mi mujer y solía respetarla.

No me he desecho de nuestro retrato de boda. Ni siquiera tengo la disculpa de conservarlo por los niños: ella es estéril como una mula y su carácter nunca fue el propicio para preñarse. En el retrato sonríe, dulcificados sus rasgos de halcón por el retoque. Le gustaba describirse como «especial», pero yo creo que todas las personas son iguales con la luz apagada. En la cama, pese a sus veleidades, era una mujer menos que común.

Berta dice que me descubrió en un bar antillano. Lo cierto es que nos conocimos en la oficina. Yo trabajaba en el despacho de mercadotecnia de una constructora y salía con una diseñadora pequeña y bustona. Berta nunca aprendió a marcar las erratas en los manuscritos de los folletos, pero leía en siete idiomas y tenía una larga lista de novios poetas, así que alguien decidió contratarla.

Una tarde, la escuché deshacerse del último novio poeta desde el teléfono que estaba colocado junto a la máquina del café. «No me faltan opciones. Tengo mucho amor, sábelo», le decía. Mi relación con la bustona terminó por aquellos días (ella quería comprometerse), y cuando me encontré conversando sobre poesía con Berta, unas semanas más tarde, adquirí de pronto la categoría de pretendiente.

La acompañé hasta su casa una noche. Ella vivía con un par de ancianas vagamente emparentadas con su madre; las mujeres habían visto desfilar tal cantidad de jóvenes ingeniosos hacia el segundo piso que ya no apartaban la vista del televisor.

Yo estaba borracho y suponía que su intención al conducirme hacia la recámara no llegaría más allá de mostrarme sus versitos en privado. En el error permanecí hasta que se desvistió y obtuvo del bolso un paquete de preservativos. Ya estaba abierto. Esa noche no leímos más.

Es costumbre suponer que la gente se casa cuando no le queda más remedio. Yo sostengo algo esencialmente contrario: el matrimonio es una apuesta elevadísima, pero innecesaria, que se hace porque sí, como si la mera voluntad demostrara su conveniencia.

Nuestro noviazgo se alargó dos años. Encanecí, aumenté una talla de pantalones. A Berta los senos se le cayeron un poco más. Yo la escuchaba recitar sus mamotretos, escuchaba sus estrafalarias confesiones. Ella soportaría con dificultad, imagino, mis sábados de cerveza y futbol. Debimos saber que una boda no significaría el comienzo de la ligereza y el placer.

Ya casados, el último novio poeta apareció una madrugada y golpeó la ventana de mi casa, llamándola. Le había escrito una larga carta que apretaba en la mano. Ella salió a la puerta y le dijo muchas cosas, en voz baja, que lo inflamaron. Yo fui en busca de la manguera.

«Hay muchas formas de amor. La nuestra es una», oí decir a mi esposa. Jamás pudimos leer la carta, porque el chorro de agua que lancé la desmenuzó. El poeta lloraba y corría calle abajo, dejaba tras sí un rastro largo y húmedo como lengua de perro.

La lealtad procede con ciertas personas, en ciertas épocas de la vida. Es absurdo comportarse como un caballero en la fila del supermercado o al bajar del autobús.

Ni Berta ni yo nos éramos fieles. Ella aseguraba estar poseída por el amor y lo distribuía con imparcialidad en la constructora, en los cócteles, en cualquier lugar donde una cabeza sensible requiriera su regazo para reposar.

Entretanto, yo me veía con la bustona en un comedero todos los martes y jueves. Luego de comer un poco de sopa y guisado, nos íbamos a la cama. Ella tenía una casa vasta y silenciosa que compartía con unas pocas plantas.

A Berta no le interesaba mi aventura con aquella mujer y se conformaba con ponerle mal gesto a Ricky, mi compañero en el departamento de mercadotecnia. Ricky era un gordito timorato, mofletudo, retraído hasta el mutismo. Escribía unos poemas terribles en libretitas escolares que luego abandonaba al cesto de la basura. La actitud de Berta lo asustaba muchísimo.

Conocí a Ricky en la escuela. Siempre fue un apocado, pero cocinaba bien; incluso se permitía alguna veleidad de *gourmet*. Todos en su casa eran redondos y pálidos, diabéticos todos. Berta no lo entendía, pero yo había asistido a tres sepelios de familiares del tipo y no me atraía la idea de asistir al suyo.

Un jueves, a la vuelta de la casa de mi amiga, oloroso todavía a su cama y sus pechos enormes, me topé con el último novio poeta. Lucía desmejorado, se le habían hundido las mejillas. «Berta me dejó», dijo con un resto de orgullo.

Le di un billete y encendí su cigarro. Berta no estaba en casa. Sobre la cama, abandonada, su libreta ofrecía el cantar de sus entrañas: ese diario íntimo que mi esposa olvidaba en cualquier lugar y que tanta pereza me provocaba.

Había un poema garrapateado en la página marcada. Era malo. «Si huele a carne es Babel», rezaba una línea, la última. Sonreí. Era la única línea escrita por Ricky que merecía algún aprecio. Y estaba escrita allí, muy clara, con la letra infantil de Berta. Luego venía la confesión. Estaba acostándose con Ricky. Saqué unas ropas del armario y a partir de esa noche dormí en casa de la bustona.

Mi matrimonio duró un par de años sin interesar a nadie, pero mi separación fue muy comentada durante algunos (los primeros) días. Resultó más llamativa de lo que hubiera deseado. Berta dejó la empresa de inmediato y pronto se supo que trabajaba en un despacho que le pagaba una fortuna. Yo me presenté en la casa una tarde, sólo para encontrar todas mis cosas hechas pedazos. Me fui de allí con el álbum de retratos y algunas revistas.

Recibí un sobre en la oficina. Lo remitían sus abogados. Exigían aceptar el divorcio sin protestar y me invitaban a pagar una fuerte pensión. El sobre incluía un mensaje de Berta: «Te fuiste de la casa un día antes de que yo te dejara», iniciaba. Me acusaba de rutinario, de conformista. Reprochaba mis tardes de futbol. «Nunca sabrás lo que significa construir un texto de la nada, como una pared en medio del desierto, porque no eres un escritor.»

Leí los documentos que anexaban. Soñé con desiertos amurallados y desperté triste.

«Ella me buscó», grité al recuperar el sentido. Ricky, todo sudor y murmullos y culpas inconfesables, despertaba de su tercer desmayo en la semana. Nadie le preguntó qué decía; le pusieron una compresa en la frente y cada cual volvió a su escritorio. Mi compañero había empeorado.

Comía demasiado, como siempre, pero ahora alimentos empaquetados, dietéticos. Se preocupaba por cortarse el cabello y comenzó a sustituir corbata y saco por una cazadora de motociclista. Vestido de cuero parecía una pasa inmensa. Una tarde, me pidió hablar sobre Berta. Acepté, sabiendo que aquello sería el prólogo de su sepelio.

De mañana, el espejo no muestra más que el tamaño de nuestros pecados. La chica bustona dormía y yo me lavaba los dientes deprisa. La audiencia ante el juez había sido fijada a las ocho de la mañana.

Encontré mi único traje. Me quedaba bien, de nuevo: en casa de la bustona no se comían más que verdura y carnes magras.

La besé en la frente. Dejé la recámara en silencio, sin ganas. Durante años, la pequeña mujer en la cama no había sido más cosa que su mote. Pero hay personas y hay épocas para la lealtad. Su nombre es Laura.

Si me concedían el aumento, y si Laura seguía pagando todo en la casa, liquidar la pensión de Berta no me endeudaría: tan sólo me mantendría en la miseria. En la audiencia, mi mujer apareció transformada. Con un buen traje sastre, un nuevo corte de cabello y maquillaje excelente. Casi no se le notaban las marcas del acné. Sus abogados no parecían del tipo económico, sino del sutilmente oneroso.

«Adelgazaste. *Esa* te va a matar de hambre». Berta, además, había descubierto que el tono despectivo le sentaba estupendamente. «Se llama Laura», repliqué, un poco menos débilmente de lo que ella prefería.

Me senté junto a la máquina del café y tomé el teléfono. Tras su escritorio, Ricky intentaba concentrarse en la computadora. No lo conseguía. Miraba con desconsuelo al reloj; le seguí la mirada. Eran las seis y ella lo esperaba. «¿Bueno?». La voz de Laura parecía azorada, como si no supiera responder al teléfono. «Hola». Ricky se encimó su cazadora y dejó la oficina de cuatro zancadas. Me miró un momento, allá lejos, pero siguió de frente y salió. «¿Pasa algo?» «No. Nada.» «¿Llamas para saludarme?» Me gustaban la incredulidad y la euforia de Laura.

Mi casa, mi casa abandonada, oscura, los platos sin lavar, mi casa saqueada por manos febriles, el redondel vacío de las copas en el polvo de un estante, la silla que nadie reparará, los pisos opacos, la telaraña impúdica que asoma en el rincón. Mi cama sin tender, sábanas y mantas inmóviles en la retorcida espera de la noche, el cuerpo pálido y lampiño de Ricky (su silueta de bebé desnudo), su cabeza de res junto al diario de mi esposa. Mi esposa desnuda, sus miembros largos, su cansado cuerpo de mujer, esa extraña sonrisa de jabalí que el sexo le pone en la boca, su boca en el pecho blando de Ricky, sus labios jugueteando en su abdomen hinchado como una fruta (y su lengua que se desliza), y los ojos del hombre se entornan, y su propia boca se cierra púdicamente, porque Berta está arrodillada ante él y le rinde tributo, con lengua y labios, a lo que ambos convinieron en llamar su *hombría*.

Y mi armario vacío, donde un aburrido profesional registra las piruetas con su lente, en el rincón que yo mismo elegí, un aburrido sujeto contratado por el viejo Ricky, porque una cosa es tirarse a la esposa de un amigo y otra permitir que el pago de una pensión excesiva lo sofoque.

Ojalá que Berta chupara como una aspiradora esa tarde, Ricky. Ojalá que te sorbiera hasta la menor gota, y obtuviera también un flujo placentero entre las piernas. Ojalá olvidaras tu fealdad y tu deslealtad y tu diabetes. Así tendrás algo que llevarte a la tumba.

«¿Sólo para saludarme?» «Sí.» «¿Ya vienes?» «Sí.»
¿Qué podría oponerle yo a Laura? Nada.
Laura, afortunadamente, no baila.

EL JARDÍN JAPONÉS

Para León Krauze y James López Aranda.

A LOS NUEVE AÑOS, mi padre me rentaba una puta. Una puta, lógicamente, de nueve años. He olvidado la ropa, los juguetes, la comida, todo lo que era mi vida a los nueve años, pero no he olvidado a la puta.

Fabiana no se acostaba conmigo. O, mejor dicho, se acostaba conmigo y nada más. Mi padre insistía en que durmiéramos juntos y se aseguraba de que nos abrazáramos bajo las cobijas de la cama. Nunca probamos a desnudarnos –cómo me angustiaba a los catorce años, al recordar a Fabiana y mi indiferencia hacia ella–, y apenas si alguna noche nos atrevimos a juntar los labios en algo que sería generoso calificar como beso.

Fabiana llegaba a la casa los viernes, a la hora de la cena, con una mochila de ropa en el hombro y una película en la mano. Pasábamos el fin de semana en mi casa y dormíamos y nos bañábamos en la alberca, pero nunca fuimos juntos a la ducha –cómo lo recordaba, torturándome, a los catorce, al acariciar cada gota de las paredes de la ducha donde nunca estuve con ella–.

Mi padre decía que yo no tenía suficientes amigos y se afanaba por reunirme con Fabiana. Yo, de hecho, tenía amigos, pero mi padre no terminaba de resignarse a que jugara con los hijos de la servidumbre y jamás hubiera permitido que durmiera con uno de ellos. «No quiero, Jacobo, que te pienses que la servidumbre juega contigo por amistad», me decía. «Juegan contigo porque les pago.»

Supe que Fabiana era una puta por boca de un compañero de la escuela. Mauricio había orinado las camas a lo largo de sus nueve años, había mojado camas de primos y hermanos, de hospitales, de terapeutas y de amigos, de hoteles en Mónaco lo mismo que en Tlaxcala. Así que sus padres decidieron probar con Fabiana: los movía la esperanza de que su hijo, atemorizado por una presencia extraña en la cama, se contuviera. No fue así, al menos de inicio. Durante sus primeras noches juntos, Fabiana se encargaba de despertarlo al sentirse inundada, y lo ayudaba a cambiar las sábanas. Nunca salió de su boca un reproche o una queja. Quizá por ello, a la vuelta de unos meses Mauricio dejó de orinarse. «Fabiana tiene algo que ayuda a la gente», decía mi amigo. «Por eso mis padres la rentaron para mí.» Mauricio le había preguntado a un primo adolescente cómo podría llamarse a una mujer que se renta para ayudar. El primo lo pensó un momento, e incluso consultó un diccionario. «Una puta», concluyó. Así que Fabiana era una puta.

Ahora bien, si mi padre había requerido los servicios de Fabiana, era porque pensaba que yo padecía algún mal tan serio, al menos, como la incontinencia de Mauricio. Que yo tuviera o no amigos no podía ser el asunto que lo preocupaba: incluso él debía aceptar que pasarse la tarde jugando al futbol con los hijos de la servidumbre hacía de mí un niño normal. Aunque tuviera que pagar por ello. ¿Cuál sería, entonces, el problema que se esperaba que Fabiana remediara?

Antes de que pudiera resolver el enigma, o antes de que el influjo benéfico de Fabiana hiciera inútil la resolución, mi padre sufrió un ataque y murió. «No dejes de traerle a la niña», alcanzó a decirle a mi tío antes de expirar. Mi tío, en cierta medida, fue ejemplar. Custodió con honradez mi herencia, y se encargó de aumentar mi robusto patrimonio con inversiones prudentes y certeras. Cuando estuve en edad de administrarlo, era claro que jamás tendría que estudiar ninguna carrera productiva o rebajarme a buscar un empleo. Sin embargo, al asumir mi tutela, mi tío decidió que el hecho de que yo durmiera con una niña –y más todavía, una niña rentada– resultaba inadmisible. Así que Fabiana dejó de ir a la casa. A veces la veía en los jardines comunes del fraccionamiento –su casa estaba a unos metros de la mía–, acompañando siempre a algún niño con pinta de muestrario de taras psiquiátricas. Cuando nuestras miradas se cruzaban, Fabiana sonreía. Probablemente, estaba insatisfecha por no haber tenido suficiente tiempo para acabar con mi problema, cualquiera que fuese.

Un par de años después, la familia de Fabiana vendió la casa y los muebles y desapareció. El ama de llaves comentó que el padre de la niña debía haber cometido algún delito, porque unos agentes policiacos llegaron al fraccionamiento después de la arrebatada mudanza para hacer preguntas sobre ellos.

De Fabiana sólo conservé una lapicera de colorines que había olvidado en mi recámara en nuestra última noche juntos. Durante años, fantaseé con la idea de buscarla, y caminar hasta ella y apartarla un momento del paranoico o hiperactivo o esquizoide en turno y decirle: «Esta es tu lapicera». A los catorce años, mi fantasía incluía un largo beso de reconciliación.

Cuando fui mayor de edad y la custodia de mi tío llegó a su fin, contraté un detective para que localizara a Fabiana. El detective era un ex policía grasiento, que había sido guardaespaldas del padre de Mauricio. Administró con talento mi esperanza y desesperación: a lo largo de tres años, me hizo creer que se aproximaba cada día más a Fabiana, y que esta, convertida en alguna suerte de astuta y elusiva espía, lograba escapar en el último momento. Un día contraté a otro detective –un tal Santa Marina, a quien elegí al azar en la guía telefónica–, para apalear al primero. Se metió a su oficina una noche y le pegó tanto que le provocó un derrame cerebral. Santa Marina trajo el archivo correspodiente a Fabiana que el primer detective había compilado, unos pocos apuntes sobre la desaparición de la familia –asunto que yo conocía mejor que él– y una tarjeta de presentación en la que se leía: «Revista *Caras*. Fabiana Urrutia, colaboradora». La tarjeta era lo suficientemente lustrosa para permitirme albergar esperanzas de que esa dirección y ese teléfono fueran los adecuados.

Pasé unos días decidiéndome a marcar el número de la tarjeta. Temblaba durante el día y me estremecía durante la noche. Soñaba con la escena de la entrega de la lapicera y la modificaba en decenas de variantes épicas, sexuales o sentimentales. Santa Marina se tomó la libertad de investigar a la familia de Fabiana y me trajo un informe: sus padres habían muerto por inhalación de gas, poco después de que se supiera que habían sido demandados por una pareja extranjera que reclamaba haberles hecho un fuerte préstamo. «Iban a abrir una clínica. Pero el dinero fue retirado del banco y la familia escapó.» Las muertes se habían producido meses después de la mudanza del fraccionamiento.

Esa noche cené con mi tío en su estudio y le referí el asunto. «Eran una pareja peculiar», dijo con su acostumbrada voz cascada. «Rentaban a la hija para que hiciera cosas raras con los enfermos. Tú quizá no lo recordarás, pero durante un tiempo tu padre la rentó y ella iba a tu casa todos los viernes.»

«Así que mi padre pensaba que yo tenía alguna enfermedad.»

Mi tío me miró sin alarma.

«No: sólo pensaba que te hacían falta amigos.»

Le pedí a Santa Marina que la llamara por mí. A su lado, yo trataba de adivinar la voz de Fabiana en la bocina.

Caras era una revista de sociales y Santa Marina, presentándose como mi secretario, la invitó a conocer el nuevo jardín japonés de mi casa, para hacer unas fotografías «y quizá platicar con el licenciado». Mi casa no tenía un jardín japonés. Yo no tenía un título de licenciado.

Perdimos la tarde en buscar plantas y bambúes, y terminamos por comprar unos quimonos para la servidumbre. Un poco avergonzado, Santa Marina improvisó un hipotético compromiso y se abstuvo de asistir a la entrevista. «Trataré de llegar después, y la seguiré al irse», prometió.

Fabiana estaba bellísima, mucho más de lo que aparecía en mis nostalgias de ducha y fantasías de lapicera. La vi detrás de la cortina del estudio, mientras el ama de llaves –incómoda y restirada dentro de su quimono–, la invitaba a pasar.

«El licendiado la recibirá en su estudio cuando usted termine de retratar el jardín», le dijo la mujer, según lo convenido. Fabiana dio una mirada al remedo oriental –que había quedado espantoso, pese a los afanes de Santa Marina por darle alguna estética–, y emprendió el camino al estudio. Respiré profundamente y bajé a su encuentro, aferrando la lapicera en la mano como un crucifijo.

«Fabiana.»

«Jacobo. Esa es mi lapicera.»

No pude negarlo. Se la acerqué con un murmullo. Las palabras de la fantasía se atoraban entre mis dientes.

«Esta es tu lapicera.»

«Jacobo. Estás muy cambiado.»

«Esta es tu lapicera y...»

«Siempre quise saber qué había sido de ti.»

«Esta es tu lapicera y...»

«Jacobo.»

Su boca era húmeda como las paredes de la ducha.

Por mi mente pasó la imagen de mi padre, espiándonos como solía espiarnos bajo la manta para asegurarse de que

estuviéramos abrazados. Fabiana me cobró un precio ver-
daderamente bajo, de amigos.

Por la mañana, mandé que Santa Marina desmontara el
jardín japonés. Parecía irritado. Me dijo que el primer detective usó mi dinero en pagarse decenas de noches con Fabiana. «Si mi dinero acabó en sus manos, estuvo bien em-
pleado», arguí. «¿Y qué más puedo hacerle al tipo, si ya
usted lo dejó en estado vegetal?»

Le ofrecí un sueldo fijo para que siguiera a Fabiana y
me informara de sus actividades. Se rehusó pero recomendó a un colega competente. Nos estrechamos las manos como generales victoriosos y él emprendió el camino
a la puerta, cargado de macetas y bambúes.

Yo subí al estudio y me senté a esperar la llegada del
viernes.

Amor y ensalada fresca

PERSONAS DE MAL CORAZÓN me sugieren que cuente lo de Marcia y su película a la prensa. Tengo impedimentos morales para hacerlo: no odio a Marcia y por tanto no la deseo, ni me excita referirme a ella en los términos lascivos que la narración requiere. Por si fuera poco, ningún tabloide ha ofrecido una cantidad aceptable por la historia. Si las pretensiones de Marcia hubiesen cuajado, ella sería famosa, y la narración de la película y las verduras valdría unos buenos pesos; pero Marcia no ha conseguido otro papel que aquel (escaso, si bien memorable), y cada vez menos bromistas se toman el trabajo de contarle que son cineastas para llevársela a la cama.

Marcia es mujer seria. Pero la invitadora lente de una cámara le resulta un atractivo fatal: apenas descubre el ojo de vidrio de alguna, comienza a declamar en voz baja líneas de Esquilo, y a manifestar el mismo autocontrol de un búfalo aquejado por el mal de San Vito. Dan fe de esa curiosa obsesión exhibicionista los álbumes fotográficos que solía mostrarme cuando visitaba su casa. Cada festival escolar, cada diente que crecía o cada, cada nuevo recorte de cabello, ameritó durante años la intervención de una resignada camarita automática que consignaba su pequeña eternidad. «Esta niña es una estrella», afirmaba machaconamente la acumulación de retratos.

Ya universitaria, Marcia pasó por los brazos de tres generaciones de fotógrafos. No sé qué resulta más extraordinario: que tuviera tan pocas curvas favorables o que, careciendo de ellas, conservara el ímpetu de posar desnuda. Sin embargo, como terminaban confesando quienes la retrataron entonces, la gracia de la mujer se disparaba al apagar las luces. Ninguno precisó nunca por qué exóticas habilidades la juzgaba magistral, pero los delataba ese aire de haber pasado el fin de semana en Babilonia, ese tenue olor de animal gozado, esas marcas de diente y uña (o marcas de algo *más fuerte*), y algún susurro infame sobre «accesorios».

Estudiar fotografía en aquella escuela y no haber pasado por la mazmorra de Marcia resultaba incomprensible. Yo, que asistía a un curso más bajo, me descubrí una tarde mirándole las piernas en la cafetería y calculando sus flexibilidades. Lógicamente, lo que hice fue tomar un curso intensivo de fotografía de desnudos, y pedir que me la presentaran en la primera fiesta en que hubo oportunidad. Ella me llevó a su casa esa misma noche.

La primera característica de la conversación de Marcia era que nunca resultaba inocente. Cada uno de sus comentarios sobre alguien contenía nombre, apellido, lista de antiguas amistades y parejas, lista de hábitos execrables, y juicio sumario sobre el inepto expendio donde la víctima, seguramente, adquiría la ropa. Impresionaba tal certeza crítica en alguien que, como ella, no se maquillaba, apenas se repegaba el cabello al cráneo con gel y usaba ropas flojas, arrugadas, sin señas de identidad.

«Es que no soporto a los que quieren ser más que uno», aclaraba. Las formas de «querer ser más» que ella, como las que pueden descubrirse en las nubes, eran prácticamente inagotables. Marcia, en su faceta de fotógrafa, no sólo odiaba a los viejos consagrados de la escuela, o a las perpetuas jóvenes promesas. Cualquiera que obtuviese un pedazo de muro para colgar una foto merecía su furia. Si la incluían en una exposición colectiva (como pasó con la serie dedicada a su ombligo, o con las respectivas de sus senos y su pie derecho), se asomaba a la obra vecina con un gesto un poco apático y otro poco destemplado. Si no la incluían, su desprecio se volvía más artero. No parecía percatarse de que los hombres a su alrededor le pagaban la comida, el material escolar y, en no pocas ocasiones, la colegiatura: pedirle una revista prestada significaba incluirse en el infame listado de quienes «sólo se me acercan para ver qué sacan».

Pero si sobre los hombres ejercía la explotación y el cinismo, para las mujeres Marcia representaba francamente un predador. Las llamaba «esas pobres vacas» y, en privado, se preciaba de seducir a los novios de sus amigas con toda facilidad. «Ya me voy con las vacas, a que me adoren», murmuraba antes de unirse al grupo de alumnas que abarrotaban la clase de paisajes.

Reservaba su generosidad para cuestiones de cama. Por ejemplo, se llevó una semana al mar a Pablito Filio, quien solía llorar en cada borrachera, atribuyéndole a sus eyaculaciones precoces el fracaso de su vida sentimental, y lo regresó a la ciudad hecho un tigre, con la camisa abierta hasta medio pecho, y la tartamudez disimulada tras un mostacho zapatista.

Mi relación con Marcia no fue tan definitiva como resultó para otros. No tuve que conseguirme psicólogo, como Juan Romo, ni sufrí revelaciones místicas, como Mario Pereda. Aprendí muy pronto que mantenerla con las luces apagadas era la única forma de evitar retratarla doce veces por día.

De cualquier modo, debo haberle tomado cerca de diez mil instantáneas. Comencé en la fiesta donde nos presentaron, proseguí en su casa, y en el motel al que me llevó unas noches después (su obsesión con los hoteles de paso era conocida hasta por quienes sólo le hablaban de hola y adiós), y transité sin inmutarme por la misteriosa petición de disparar la cámara sobre su rostro en el momento exacto del clímax, maniobra que necesitó de notables contorsiones para completarse, pues ella tenía la cabeza cerca de mis rodillas.

Lo de la película no me pareció mal al principio. Un viernes, llamó para citarme en un café al que solíamos acudir. Apareció dos horas tarde, ruborizada y con un poco de saliva en la comisura de los labios.

—Van a darme el papel protagónico de una película —resopló antes de sentarse a la mesa. Había conocido a un productor en el bazar de los sábados, según dijo, y el sujeto había quedado tan impresionado por el material fotográfico que Marcia exhibía (un tríptico titulado «El camino a Falopio») que pidió conocerla. El tipo ofreció poco dinero, pero la convenció con el argumento de que la película sería vendida con toda seguridad fuera del país, y así el primer paso hacia la inmortalidad estaría dado. Cuando le pregunté el nombre del estudio que la produciría, Marcia me despachó la mirada más gélida de su repertorio.

—Pero *por supuesto* que es una película independiente. De otro modo, no habría aceptado.

Traté de reparar el error preguntándole por el guión y por su papel, pero ella seguía molesta y respondió con alguna altanería.

—No sé si captarías de lo que se trata, porque no es un guión donde *pase algo*. Se trata de algo más plástico, más experimental.

Yo había olvidado que Marcia era artista de altos vuelos. Ella anunció que se encerraría a mentalizarse para el papel a partir de esa noche, y que no volvería a irse a la cama conmigo sino hasta que terminara su parte de la filmación.

Recibí el primer signo de alarma con una llamada telefónica. Marcia se había presentado en el lugar indicado

–un apartamento cerca del centro de la ciudad–, a la hora y el día acordados, y se encontró con que el productor abría la puerta bostezando y frotándose los ojos. El tipo la hizo pasar a la sala y la dejó allí sentada veinte minutos, antes de regresar con una cámara de mano y una lámpara.

–¿Y el resto del equipo?– preguntó Marcia.

No había más equipo. Aquello era independiente y experimental, después de todo. Marcia dio todo de sí en la filmación, pero la inquietaba la posibilidad de que el productor/director/camarógrafo no estuviera a la altura del proyecto.

–Filmamos varias horas, pero pienso que fueron sólo calentamiento. Voy a regresar mañana, tengo muchas ideas –me dijo por teléfono al concluir su primera jornada.

Miré el reloj. Eran las cinco y media de la mañana.

No supe de Marcia ni de la filmación durante tres días. Supuse que el trabajo le impediría llamarme, decidí que no era tan importante que lo hiciera y llamé por teléfono a Julieta, una de las «vacas». Julieta no hablaba de la condición humana, pero tenía un par de piernas bastante considerable.

–¿Sabes? –me dijo la primera vez que fuimos al cine–. Ya era hora de que dejaras de verte con esa loca.

Ninguna de las «vacas» tenía una buena opinión de Marcia. Para ser exactos, pensaban que Marcia era una puta, y cualquiera capaz de meterse con ella, un imbécil. Resentí un poco la revelación.

La segunda noticia de la película resultó más alarmante. Marcia llamó una noche para decirme que había decidido quitarle el material al productor y terminarlo ella misma.

–Francamente, su idea es mediocre. No entiende lo que propongo. Voy a terminar la cinta en mi casa.

Deslizó el dato de que el ex productor le había facilitado el equipo necesario –la cámara, la lámpara y una consola de edición– a cambio de quedarse con una copia del material ya filmado y algunas «tomas extra». Eso no la inquietaba.

–Si él saca su propia versión, va a ser tan mala que sólo va a hacer resaltar más la mía –dijo con toda seguridad.

Y luego me anunció que no iría a la cama conmigo sino hasta que concluyera el trabajo de edición y encontrara un distribuidor en el extranjero. Naturalmente, al siguiente día le pedí a Julieta que se acostara conmigo, que en lenguaje «vaca» se dice «ser mi novia».

De la película, lo primero que se supo fue el título. La premier de «Camino a mí misma», dirigida, escrita, protagonizada y editada por Marcia Urías, fue anunciada con carteles escritos a mano en los pasillos de la escuela. Su «estreno mundial» se anunció para el viernes siguiente en la sala de proyecciones.

Sería una exageración decir que tenía ansias por verla, pero pensé en ella varias veces durante la semana anterior al estreno. Algunos hablaban ya de una interpretación histórica, otros hacían correr la especie de que una distribuidora alemana había pagado una fortuna por los derechos. Ambos rumores, se comprobaría después, habían sido iniciados por Marcia y eran completamente falsos. Julieta intentó convencerme de que nos marcháramos a cualquier otro sitio aquel día, pero ella misma tenía demasiada curiosidad. Así que, con casi diez minutos de retraso, terminamos por dirigirnos a la sala de proyecciones. La película ya había iniciado, la sala estaba repleta y tuvimos que permanecer en la parte trasera, acomodándonos precariamente entre el silencio y la oscuridad. Al principio no entendí lo que sucedía en pantalla, era demasiado tembloroso y oscuro. Sin embargo, el atronador sonido, un gemido largo y sinuoso, era inconfundible. Entonces se abrió la toma. Los gritos y las expresiones de horror del público, debo admitirlo, me tomaron por sorpresa. Tanto, que aún tardé unos segundos en percatarme de lo que estaba sucediendo en la pantalla. Una estampida de estudiantes asustados salió al pasillo. Algunos reían nerviosamente; la mayoría callábamos.

Cuando, semanas después, alguien encontró en el catálogo de una compañía holandesa de «accesorios» la versión del director –titulada no sin talento como «Ensalada salaz»– no nos extrañó demasiado que Marcia dejara la escuela. La mayoría de los maestros habían comenzado a preguntarse ya porqué sus compañeros le llevaban discretamente al escritorio canastitas con brócolis.

Poco después, en el periódico mural de la escuela apareció clavado con una tachuela un poema misterioso, que terminamos por atribuir a Marcia.

Sus líneas finales decían: *Cuando llegas a la cumbre y te abandonan/ y la escarcha te penetra el corazón/ una cámara registra tus lamentos y el tazón de ensalada /entre las piernas.*

Los más bellos poemas del abogado Seltz

CONTEMPLÉ MIS POSIBILIDADES con imparcialidad. La mayor dificultad era Anne, quien yacía inconsciente en la alfombra. Moverla hacia un sitio más apropiado significaría perder minutos útiles. Precipitadamente, caminé a la ventana y corrí el cortinaje de un tirón. La respiración de Anne se había hecho pastosa, pero su piel mostraba el tono sonrosado de costumbre. Levanté su falda, procurando eludir la distracción de sus senos. Me enfrenté a una braga negra de tamaño regular. Sencilla, sin encajes o estampados que dieran alguna esperanza de lascivia.

Como bien sabrá quien haya intentado alguna vez la operación, la braga no baja suavemente ni se desliza, sino que se enrolla sobre sí, aferrándose a los muslos, y sólo la habilidad y perseverancia del operador logran llevarla hasta los delicados pies y, entonces, extraerla. Olfateé nerviosamente la prenda: mi nariz se vio invadida por un fuerte aroma a detergente que casi anulaba un ligero tono, casi un atisbo, de frágil acidez.

El pubis de Anne era un cojincillo de vello café. Jalé un almohadón del sofá y, no sin trabajo, lo coloqué bajo su trasero. Le separé las piernas y observé la configuración espléndida de su vulva roja y la brecha escarlata que descendía hacia ella misma. En otras circunstancias no habría olvidado sus muslos o la curva de su cadera, pero tenía poco tiempo, el efecto de la pastilla duraría quizá apenas treinta minutos más, así que me afané en besar, lamer y succionar, y celebré el despertar del minúsculo clítoris en la punta de mi lengua, placer que más de un rústico neciamente se niega.

Mi interés principal al redecorar la oficina era hacer esto, lo más parecido a un poema que el abogado Seltz sería capaz de lograr: sedar a una mujer vestida con un impecable traje sastre y gozarla ante el espejo del anexo. No cualquier mujer, claro está, sino mi secretaria: veinte años, belleza clásica, sobriedad en el vestir, inteligencia sufragista, buena estirpe austriaca. *Fraulein* Anne Pfeinberg.

Había pasado la última semana, una de las más calurosas del verano, practicando con un maniquí en el desván de la pensión donde me alhojaba, y ajustando los detalles de la escena en el despacho. Elegí un martes para pedirle a Anne que se quedara tarde, corroborando unas cuentas. El martes era el día más propicio porque mi único vecino, el doctor Krupp, salía a tomar el té con su amante, el famoso tenor invertido Puppola, y no se le veía en el edificio durante varias horas. Anne no se mostró muy conforme: objetó que el calor la haría sentirse incómoda, y que aquellas cuentas podrían ser revisadas sin mayor pérdida al día siguiente.

—Mi padre se molesta mucho cuando llego tarde a casa, *herr* Seltz. Y no conoce usted cómo se puede poner de pesado. Además hace tanto calor...

Reaccioné con la irritación propia de quien es obstaculizado.

—Si tiene calor, use ropa más fresca, *Fraulein* Pfeinberg. Olvídese del saco y déjese las medias en casa.

Anne tomó mi desplante como la grosería que era, pero se introdujo al sanitario y salió sin medias. Yo agradecí al Creador la obediencia germánica de mi asistente.

La tarde avanzó, y Krupp, el inmundo sodomita del vecino, no daba señales de emprender la marcha. Finalmente se escuchó el crujir de su puerta y Krupp se perdió por la escalera, dando saltitos. En el reloj de la alcaldía dieron las seis. Anne releía por tercera vez las cuentas en busca de una incompatibilidad imaginaria.

Es prueba irrebatible de la fortuna que siempre me ha acompañado la manera en que obtuve las pastillas de la inconsciencia, pues debo en parte a mi detestado doctor Krupp su adquisición.

Krupp, amén de uranista, era uno de los neurólogos más reconocidos de Viena. Recibía rutinariamente en su despacho, el contiguo al mío, la visita de consagrados de la ciencia y también de jóvenes estudiantes que buscaban su consejo o docta opinión sobre investigaciones y tesinas. Uno de los habituales era el joven Portré-Barros, un sujeto huraño de ascendencia americana, cuya voz sibilante había escuchado piropear a Anne en más de una ocasión. Sus requiebros me habían obligado a quejarme con Krupp, quien lo excusó atribuyendo sus incontinencias a su origen mestizo.

—Su padre era un soldado bretón, pero su madre era una india mejicana. Es normal que el mestizaje provoque mesticia.

Un martes, mientras Krupp se revolcaba con Puppola en algún lejano apartamento, Portré-Barros se presentó en el edificio y pasó un buen cuarto de hora azotando inútilmente la puerta del doctor. Desesperado, recorrió el pasillo a grandes zancadas, murmurando obscenidades en español y ahumando el ambiente con sus merdosos puros.

—Vaya hombre impaciente —refunfuñó Anne.

Portré-Barros se intrudujo a nuestro despacho. Anne lo miró con pánico y el sujeto le puso el dedo en la frente, como si fuera a explicarle cómo y por qué la violaría y le retorcería el pescuezo.

—¿El abogado Seltz? —sururró con su acento incurable de mestizo—. ¿Estará el abogado?

Salí de mi escondite tras un cortinaje para enfrentarlo y evitar que Anne se echara a llorar. Portré-Barros me miró con ojos insomnes e inyectados.

—Aureliu Seltz —le dije.

El mestizo expuso su caso con rapidez. El doctor Krupp no se encontraba, ¿así que no sería tan amable el abogado de entregarle un paquete cuando lo viera? Portré-Barros llevaba cuatro días encerrado en un laboratorio, sin dormir comer o bañarse —Anne esbozó un gesto de desagrado— y no podía esperar más: se caía de sueño.

—Será un placer —murmuré por formulismo, sin hacer caso a la formulación profética de mis palabras.

—Ya llamaré en un par de días al doctor, cuando me recupere y descanse.

Esbozó una reverencia, quiso besar la mano de Anne, quien se la retiró violentamente, y salió. Por la ventana lo vi abordar un taxi.

El paquete para Krupp era una caja de cartón vulgar, de unos treinta centímetros por lado, y resultaba demasiado ligera para contener algo más que un objeto o dos. «*No abrir*», decía un tembloroso letrero, escrita con la caligrafía dudosa de mestizo de Portré-Barros. Entré a mi oficina y cerré la puerta con llave. Abrí la caja. En su interior sólo se encontraba un frasco de pastillas sin etiquetar, y unas pocas notas escritas con la misma letra irregular con la que se había rotulado el empaque. Las notas resultaban excesivamente ténicas para mí —a pesar de que estudié un bachillerato de Ciencias en Bucarest—, pero de ellas saqué en claro que las pastillas ofrecidas contenían un poderoso compuesto hipnótico en dosis experimentales. Portré-Barros, vil como cualquier científico, afligía con substancias las venas de ratas y monos. En el apartado de las notas dedicado a las conclusiones, encontré el objeto de la entrega: de sus experimentos, Portré-Barros conjeturaba que el compuesto suspendía la conciencia, pero «sin inhibir las funciones vitales básicas, como la respiración, el pulso, la mera digestión de alimentos o incluso funciones más complejas, como la contención de heces o las reacciones sexuales».

De inmediato apareció en mi mente la idea de un poema: una mujer dormida, vestida con un traje sastre, siendo fornicada ante al espejo del anexo. Tenía en la mano la posibilidad de realizar mi poema. El único punto irresoluble de mi plan habría sido obtener un sedante capaz de dormir sin matar, cosa resuelta por el trabajo del mestizo. Portré-Barros era el genio de nuestro tiempo.

Como no quería ser acusado de latrocinio, revisé una vez más las notas que acompañaban el frasco. No encontré mención a un número exacto de píldoras. Un apunte hacía referencia a la dosis utilizada, y confesaba la producción de «alrededor de un centenar de tales dosis en forma de pastillas». El frasco en sí contenía 27, número conveniente por inexacto. Portré-Barros solicitaba que Krupp utilizara la pastilla en alguna rata y realizara las comprobaciones de rigor. Afirmaba en las conclusiones que la precaución –no contaba con suficientes ratas y monos como para permitirse su muerte continua– lo había llevado a manejar una cantidad de compuesto que «en un roedor provoca un efecto de unas ocho horas. En un simio, el efecto es igualmente intenso, aunque naturalmente de menor duración. Preveo que en un humano, la inconsciencia se produciría a lo largo de unos treinta minutos o una hora a lo más, dependiendo en cada caso de la edad, peso y metabolismo del sujeto».

Sustraje cinco pastillas y entregué la caja esa misma noche a Krupp sin hacerle mayor comentario. Supuse que un mestizo sanguíneo y distraído como Portré-Barros no llevaría un registro preciso y mi crimen quedaría impune. El tiempo me daría su respaldo.

La decoración *art noveau* del despacho no era adecuada a mi poema, así que hice instalar una nueva, moderna, sólida y precisa: un gran espejo sin marco se albergó en el fondo del anexo y una serie de luces indirectas decoraron sus paredes. En el momento preciso, esas luces darían una iluminación teatral felicísima.

Probé la pastilla en el perro de la pensión —que durmió con sueño satisfecho y profundo durante tres horas— y decidí hacer lo mismo con la patrona, para conocer el resultado en una mujer. *Frau* Kroeber era una viuda que sobrepasaba de largo los cuarenta años. Barría enérgicamente los suelos y conservaba una figura notable, al menos por sus prominentes senos, nalgas y caderas. Su rostro era rubicundo y su cabello anaranjado. No era una mujer, como Anne, para enternecer los sentidos: era una ciega pieza de carne para el lecho. Un sábado temprano, cuando las habitaciones de toda la pensión se desocupaban para su limpieza y los pensionistas eran largados desde el amanecer sin más excusa que la enfermedad, fingí gripe y esperé acostado la llegada de la mujer a mi recámara. Le expliqué mi triste situación y le ofrecí una taza de té helado, en la que había disuelto una de las pastillas hipnóticas del mestizo. Aceptó y tomó asiento en una silla de madera junto a mi camastro. Resistí su parloteo, disimulando bajo las mantas la incipiente erección que me asaltaba.

—Este calor va a matarnos, *Herr* Seltz. Anoche, simplemente no había modo de dormir. ¿Y se ha fijado que el agua no refresca? La vida en la ciudad, *Herr* Seltz, la vida en la ciudad, la vida...

Se detuvo parpadeando, como si buscara un término preciso en medio de millones de posibilidades brillantes. Sonrió y se le cerraron los ojos. Me puse de pie y me acerqué. *Frau* Kroeber abrió la boca y se derrumbó en mis brazos.

Obré con cautela. Eché el pestillo a la puerta y deposité el voluminoso cuerpo de la patrona bocabajo en la cama. Abrí la bragueta de mi pantalón. La doble falda de la mujer daba paso a un raído calzón gris, medio metido entre sus fuertes nalgas. Lo fui bajando con dificultad, sin dejar de mirar el reloj. Cinco minutos. El trasero de la mujer estaba agrietado, pero su forma era atrayente. Su vulva y su ano eran curiosamente pálidos y lozanos. El ano se contrajo al contacto con mi dedo y sus nalgas se endurecieron. Unté mis dedos de crema para afeitar y los introduje gentilmente y sin prisas en sus cavidades. Un rubor inesperado tiñó su piel. Ella dormía, pero su cuerpo estaba despierto. Diez minutos. Portré-Barros era el gran genio de la ciencia occidental moderna.

Monté a horcajadas sobre el trasero de la mujer. La penetré por atrás con tal ímpetu que eyaculé casi instantáneamente. Luego me retiré. Dieciocho minutos. Quité el pestillo de la puerta y verifiqué que no hubiera espías en el pasillo. No los había. Me aseé y me recompuse las ropas e hice lo propio con ella. Veintiseis minutos. Arrastré a *Frau* Kroeber al sanitario de la habitación vecina y la senté en el excusado. Había comenzado a parpadear y gemir. Saqué sus enseres de limpieza al pasillo y cerré mi puerta. Me recosté a leer con la voluptuosa sensación que da el trabajo bien hecho.

Un par de horas después me la topé al bajar por el diario. Se veía desmejorada y temblorosa, con las piernas muy abiertas. Trapeaba el pasillo sin su habitual energía. Me saludó con una vaga sonrisa al pasar.

–Qué calor ha hecho hoy, *Herr* Seltz. Yo he pasado todo el día al borde del desmayo y tengo una descomposición de vientre...

No pude evitar pensar que las viudas son seres muy infelices.

El éxito de la prueba fue el estímulo que necesitaba para lanzarme sobre mi principal objetivo: la consecución de mi poema, el cuerpo blanco de Anne ultrajado frente al espejo sin marco del anexo. No pude evitar preguntarme las razones profundas de mi interés por Anne. La lujuria, me respondí, pero también la estética. Anne era bella, era una mujer independiente y cortesmente agresiva. Todo hombre quiere humillar lo que ama.

La tarde de los hechos llegó. El calor sofocaba los muebles y empañaba los vidrios y el retraso de Krupp para marcharse me había puesto al borde de la furia –y estaba decidido a que los intestinos de Anne pagaran por esa furia–. Hasta esa tarde, jamás habíamos cruzado una palabra ella y yo que no fuera estrictamente profesional. Ella acabaría por casarse con otro abogado, algún torpe austriaco rubio, e ignoraría por siempre mis lejanos impulsos. Y si no podría tener su devoción, quería su placer al menos. O mi placer, mejor dicho, mi placer sobre ella.

Cuando los pasos de Krupp se extinguieron en la escalera, me acerqué a Anne con violencia y le ofrecí un chocolate. Había pasado la noche derritiendo pasta de cacao y mezclándola con una píldora machacada, hasta lograr darle una forma vagamente verídica de barra de chocolate. Mi asistente me observó sin expresión y la odié. Tomó el chocolate y lo introdujo a su boca si dejar de mirarme, retadora. Eran sus ganas de terminar con el trabajo e irse lo que la habían hecho mascar aquella pasta inmunda, no ninguna clase de condescencia hacia mí, su explotador y tirano, pensé.

El temblor de mis rodillas aumentó a medida que pasaban los segundos. Encendí un cigarrillo, cosa que jamás me había permitido en la oficina. Anne escribía cifras lánguidamente, sin corresponder a mi nerviosismo. Me dirigí a la puerta del despacho. Inadvertidamente, eché el pestillo y cerré las persianas que daban a la calle. Como Anne disponía de una buena lámpara en su escritorio, apagué la luz principal y dispuse la iluminación de mi poema tal como había sido concebida. Me reflejé, solo, en el espejo del anexo, y encontré una sombra diabólica en mi rostro.

–¿Fuma, *Fraulein* Pfeimberg? –siseé. Anne volteó azorada. Aceptó con un ligero movimiento de cuello. Le alargué la cajetilla. Ella extendió una mano pálida y se derrumbó como un junco doblado por la tormenta.

El poema daba inicio. Retiré la silla y arrastré a la abandonada Anne hacia el anexo. El espejo nos observó. *Frau* Kroeber me llamaba «el pensionista rumano». Mi rostro guardaba un parecido alarmante con el de mi madre, una rumana hermética, de ojos hundidos y fríos.

Tuve problemas para poner en marcha la pequeña consola, que se apresuró a reproducir alguna mala pieza dodecafónica. Ya no era tiempo de buscar algún sonido menos ingrato. Mi poema adquiría tintes de modernidad que comenzaban a escocerme.

Detuve mis lameteos cuando un hilillo de sangre bajó de la vagina de Anne y su sabor metálico ofendió mi lengua. Su rostro de santa medieval, bello y doliente, no me indicó nada. Anne no era virgen, y las marcas en su trasero sugerían algunas prácticas nada comunes.

Y entonces la sangre me hizo reparar en que lo que creí un sexo simétrico y apetecible era en realidad una yaga, una desgarradura que sangraba en mi propia cara. Me puse de pie y me vestí velozmente. El poema se había quedado en puntos suspensivos. Corrí al bolso de Anne. En un doblez, arrugadas hasta formar un nudo casi inexpugnable, estaban sus medias y una braga distinta a la limpia y fragante que yo había retirado de sus piernas. Las medias y la braga eran una masa sangrienta. ¿Anne estaba menstruando? Podría ser. Pero ¿no debería entonces haber usado una compresa? ¿Era acaso mi ayudante una chica de suciedad inaudita, incapaz de las más elementales precauciones higiénicas?

El reloj marcaba veinticinco minutos. Una taquicardia en mi pecho respondió al dato. Me abalancé sobre ella, pensando únicamente en cubrir lo que antes había desnudado, en esconder lo que antes había pugnado por ver libre. Antes de que su lento despertar culminara en tragedia, la vestí. Reacomodé el almohadón, apagué con cierto deleite el horror dodecafónico y devolví la luz a su estado original. Arrastré a Anne de vuelta a su silla y la deposité, con serios esfuerzos, medio apoyada en el escritorio. Besé una de sus manos con fervor y me encerré luego en el sanitario. Vi la cara de mi madre en el espejo, una cara sudorosa y frustrada. Me entregué al consuelo del onanismo. Luego me escurrí a la escalera y a la calle y caminé difícilmente. Mi conciencia aullaba. La dejé aullar. Adquirí el diario vespertino y perdí algunos minutos en la voluntaria nulidad de su lectura.

Al volver arriba, encontré a Anne despierta, con una curiosa expresión aborchornada. Parecía una niña a la que hubieran atrapado dándole el pecho a su muñeco.

—¿Sucede algo, *Fraulein* Pfeinberg?

—No, no... —tartamudeó—. Debo haberme quedado dormida.

Procuré sosprenderme y me detuve en seco frente a ella. Logré sostenerle la mirada, y ella acabó por bajarla. Se mordió los labios. Decidí precipitar aquello. Me senté a su lado y le subí la cara suavemente, tomándola del mentón.

—¿No duerme bien en casa, *Fraulein*?

Esperaba una bofetada o un empellón, pero sólo obtuve un escalofrío. Anne comenzó a llorar, escondiéndo la cara entre las manos y murmurando entrecortadamente. Ensayé un ademán de fastidio en el espejo. Anne levantó la mirada.

—Perdóneme. Perdóneme. No puedo más con esto. He tratado de portarme como una profesional, como una mujer eficiente, *Herr* Seltz, pero no puedo más con esto. Llevo días equivocándome en las cuentas y ahora esto... No puedo más.

Jamás la había escuchado decir tantas cosas de golpe. La miré a la luz de su estallido sentimental.

—¿Se ha equivocado en las cuentas, *Fraulein*?

—Perdóneme —repetía, hinchados los ojos y enrojecidas las mejillas—. Yo necesito ayuda, necesito que usted me ayude. Incluso he pensado en darme un pistoletazo...

Se puso en pie en un espasmo de llanto, y cruzó los brazos sobre su pecho, como si la hubiera asaltado un frío infernal en mitad del sopor veraniego que sometía Viena. Se mordió el labio hasta lastimarlo.

—Yo lo quiero a usted, *Herr* Seltz. Y no puedo más con esto.

Mi cigarrillo cayó al piso y rodó hasta apagarse contra la pata de la mesa. Un zumbido convirtió mis oídos en gramófonos de mi horror. Ella me tomó de las manos y luego me abrazó. Su llanto humedeció rápidamente mi pechera.

—¿Tú me amas, Aureliu?

Anne conocía mi nombre de pila porque estaba pintado en la puerta del despacho. *Aureliu Seltz, abogado.* Entendí que nunca más volvería a ser *Herr* Seltz para ella. Ese hecho minúsculo y atroz me enfureció. Mi poema se había convertido en una cantata infame.

Tomé sus saludables labios y sellé mi destino.

—Oh, Aureliu. Tienes que ayudarme—. Mi padre me golpeaba y abusaba de mí. Era un respetado y viejo oficial, pero en la casa era un monstruo. Me humillaba y me tocaba y luego comenzó a introducirme cosas... Tengo la espalda marcada y sangro, Aureliu, sangro todo el día como si jamás se me pasara la menstruación...

Una fuerte sensación de asco comenzó a rondarme y se posesionó de mi estómago. Aquella mujer había copulado con su propio padre y ahora se abrazaba de mí.

—Por eso lo maté, Aureliu. Por eso he estado nerviosa y agitada y no he trabajado bien, porque el cuerpo de mi padre está insepulto en el jardín de nuestra casa de campo y no puedo dejar de pensar en él. Tienes que ayudarme. *Tenemos* que deshacernos de él.

Y mientras aquella enferma mental se acomodaba en mi pecho, y sonreía y me miraba otra vez con sus ojos fríos de secretaria, algo en mi cabeza comenzó a musitar un mal poema de amor.

SONÁMBULO

JULIETA NO ESCRIBIÓ. No es que lo esperara –acaba de marcharse apenas–. Pero resulta inevitable imaginar que tendrá que sentirse disminuida, que sentirá el hueco, el cercén, que sentirá silencioso el desayuno, que dormirá libre y lo resentirá. He abierto el correo al menos tres veces esta mañana. Su última carta es una carta escrita con intención de no recibir respuesta, y desborda la grosería peculiar de los epitafios. No me quejo. Yo también le hice llegar una carta así y escribí en ella cosas de las que no resultaría elegante arrepentirse ahora. La llamé *reina* y quizá cosas más bajas aún. Ahora comprendo que su carta buscaba ser un escupitajo y que la mía es poco menos que un ramito de flores. Supuse que mostrarme cariñoso y arrepentido la incomodaría más que un simple insulto. Quizá acerté, pero no recibiré los beneficios del acierto. Lo único claro es que jamás calculé que Julieta se iría tan pronto, y que me pediría además que no regresara al trabajo en el restaurante de su padre. Supuse que me permitiría llegar al día de paga. No soy el primero que sale con las meseras del turno de la noche –quizá por ello haya sido tan sensible al respecto, por aquella historia de su ex marido–.

No he terminado de comprender a las mujeres de este país. Parecen dispuestas a entregarse al amor físico sin pasar antes por la incómoda antesala del galanteo, pero sus apegos sentimentales no difieren mucho de los de las mujeres de mi propio país, que esperan distraer la eternidad al lado de un hombre, del mismo hombre.

Nunca he comprendido la inteligencia de las mujeres. Algunas mujeres son inteligentes. Y algunas lo serán más que yo, o que cualquiera como yo –soy un mesero, o lo he sido en ocasiones–. Pero ninguna parece poseer ligereza. Ellas no maldicen nunca o maldicen con toda seriedad. Y una mujer que maldice no rezará en momentos de debilidad, como yo hago ahora –Señor, señor, padre, soy un pecador. He pecado de nuevo, padre, pero necesito ayuda. Necesito ayuda. Algo tendré que prometerte, lo sé. Lo haré. Lo haré si cumples con tu parte–.

Decidí no buscar trabajo hoy. Decidí no hacerlo sino hasta que consiga conciliar el sueño con normalidad y, así, despertar antes de las tres de la tarde. El diario –lo hojeo mientras como un poco de fruta– ofrece empleos no demasiado indignos. Un cauteloso trabajo nocturno me irá bien hasta que consiga el dinero suficiente para comprar un carro y volver al sur, con mi madre y mi hermano.

He pensado siempre que la noche impide dormir, que el silencio y la oscuridad ahuyentan el sueño. La noche debió enloquecer a los hombres en las primeras aldeas, cuando dejaron la vida del campo. Tenderse todos al mismo tiempo en sus chozas, perder la conciencia juntos, es una prueba de confianza que terminaría por resultarles inadmisible. Yo duermo cuando todos están ocupados, cuando nadie puede pensar en llegar a mí en silencio y oscuridad. Yo leo en las noches, enciendo el televisor y el radio y salgo a beber y vuelvo con mujeres a casa y sus gritos despiertan a los vecinos. No lo hago por algún temor preciso. Aquí nadie me busca. Sólo que me place ocupar el vacío de la noche. Quizá yo sea como los niños, que no duermen si no saben que hay alguien despierto, que la vida no se ha detenido, que la luz no se ha agotado.

Una moneda es un objeto redondo y delicioso. Me agrada sentir los bolsillos cargados con el peso de las monedas y las llaves. Antes de salir, siempre llevo la mano a la cartera en la bolsa interior de mi saco, al bolsillo trasero de mis pantalones y a mis testículos. Si todo lo que debe seguir sigue allí, cierro la puerta sin violencia y bajo a la calle. El mejor sitio para vivir es uno que tenga tranquilidad, pero que permita encontrarse cerca del estruendo. Si uno debe cruzar veinte calles solitarias para encontrar un alma, está perdido. Pero tampoco puede accederse a residir sobre el escaparate más visitado de la ciudad: alguien terminará por verte. A la vuelta del hotel Imperio, los viejos edificios remozados por el ayuntamiento son frescos y discretos. Yo vivo allí, a unos minutos de la zona de los restaurantes, y lo suficientemente lejos de los muelles como para eludir la mayoría de los problemas. Respiro el aire caldeado del mediodía. He dormido mal. Julieta tampoco escribió hoy. Comienzo a pensar que echó mano de algún otro de los meseros del restaurante para reparar el dique y contener la inundación, para no desayunarse sola. Algún otro mesero al que dejará toquetearla sin ceremonia, sólo para exigirle después la misma ceremonia que a un marido, uno que tenga que subirse los pantalones cada vez que la sombra del padre asome por un rincón.

Cuando se regresa a la calle, después de que una mujer lo ha dejado, uno es un mirón. Todas las piernas y senos le pertenecen, incluso los que asquea ver. Las mujeres de este país no están acostumbradas a que las observen: tienen a sus hombres domados y los amedrentan. Me divierte dejar la mirada en sus ojos o en la grieta entre sus pechos más tiempo del necesario y comprender que se han ofendido. Me divierte saber que mi condición de extranjero –es decir, de animal, de bestia ligeramente silvestre– me concede lo vedado.

Un negro me ha pedido dinero por la calle. Un hombre sucio y enorme, cubierto por diversas capas de ropa a medio caer, como trozos de piel tejida. Algo murmura sobre cientos de hijos enfermos y ya finge el llanto cuando el paso de una mujer nos hace callar. La mujer pisa con firmeza, sus grandes pies resuenan en el cemento. Es rubia y rellena, con un trasero redondo y gafas de estudiante. El negro ha levantado los labios expresivamente y yo he murmurado una letanía de suciedades. La mujer, claro, tiene miedo. Baja la cabeza y huye. Seguro que nunca deja a su hombre ponerse arriba, me dice el negro.

Recibo un correo de mi hermano. Me sorprende recibirlo, y abandono el diario al piso y dejo la fruta a medio comer. Mucho tiempo pensé no volver a trabajar con mi hermano, y por eso vine aquí, para servir mesas y gozar mujeres. Pero las mesas y las mujeres —estas mujeres— pueden terminar hastiando a quien las sirve. Julieta no escribirá más. Vaya, su carta final lo dice, esgrime aquella torpe sentencia de «pensé que eras distinto». Como si pudiera serlo, como si cualquier hombre pudiera. Ella creía que los hombres de mi país eran tipos sentimentales, enamorados de versito, tisis, tumba y rosas marchitas. Pero yo ni siquiera sé suspirar. Los tipos que hablan de cicatrices en el corazón nunca se han hecho un corte en una mano. Y yo me he cortado en ambas manos, y más de una vez.

Tengo que verme con un paisano en una cafetería, según dice el correo de mi hermano. Conozco el lugar. El hombre es flaco, moreno, va bien rasurado y usa un traje brillante. Ríe mucho y tiene una seria adicción por el perfume. Lo acompaña una chica teñida de rubia, muy joven, bajita, silenciosa, a quien me presenta como su hija. Aprieta el trasero de su hija cuando piensa que estoy mirando a otra parte. Ella tiene labios pintados de rosa y grandes ojos de perro.

El tipo me da un poco de dinero y una caja de herramientas. Nos dirigimos a una camioneta negra, lujosa, polvorienta. No hay espacio adelante, dice él. Si quieres yo me voy atrás, susurra la hija con su voz muy baja. Él la mira sonriente y dice que no. Bien, replico yo, y subo a la caja de la camioneta de dos brincos. Prefiero ir allí que adelante, respirando el perfume del tipo. Nos ponemos en marcha. La carretera es una cinta de piedra recta, inagotable, pero finalmente las construcciones comienzan a escasear y luego desaparecen, dejando en su lugar campos tostados, infamados por surcos negros.

El campo tiene algo que me agrada. Quizá sea que jamás he estado realmente allí. Mi familia siempre vivió en la ciudad, mi abuela nació en el primer pueblo con pavimento de sus rumbos. Pienso que en el campo podría dormir de noche, o que dormiría todo el tiempo, porque en el campo la noche debe estar llena de gallos, vacas y cigarras, y el día de tractores, sombra y nubes. Nos desviamos en la entrada de una granja minúscula, donde un camino de tierra mal regada nos lleva hasta una casa de ladrillo rojo, desgastado. Una pareja de ancianos vestidos de azul sale a recibirnos, agitan las manos con algo que parece hospitalidad y que tal vez sea desesperación.

Cuando el flaco me ve bajar de la camioneta sin la caja de herramientas, se abalanza sobre mí y me grita en el idioma de mi país, exigiéndome que se la entregue –quiere dejar claro que él manda aquí–. Su chica, desde mi posición, parece una puta con esas ropas brillantes y escotadas encima, y el exceso de maquillaje, ahora claramente delatado por el sol, afeándole los rasgos.

Nos hacen pasar a un pequeño salón sofocante, con unos pocos muebles apiñados junto a la pared. La anciana nos trae una jarra de agua y vasos, y cuando la entrega retrocede a prisa, como si les hubiera arrojado un poco de carne a los cocodrilos. El viejo toma a mi paisano por los hombros y pretende llevarlo aparte, pero el flaco lo detiene con un gesto y nos pide a su hija y a mí que salgamos de la casa. Voy a hablar con el señor, así que afuera. Yo los llamo. La chica está encaramada con pies y manos a una silla, perezosa, y esboza un gesto de fastidio, pero obedece. Cuando pasa frente al flaco, recibe una sonora nalgada y una sonrisa. Yo vuelvo a llenar mi vaso con agua y la sigo.

Cuando vea a mi hermano, cuando pueda sentarme a desayunar en casa –y mi madre se afane en llenarnos las tazas de café y el plato de tortillas, aunque le supliquemos veinte veces que se detenga y se siente con nosotros–, le recordaré que no me agrada trabajar con tipos que no pueden dejar de tocar a las mujeres, que necesitan apretarlas todo el tiempo, como si no bastara con mirarlas. Nuestras mujeres aceptan las miradas como se acepta un saludo en la calle; las de este país, como quien acepta una pistola en las costillas.

No es mi padre, dice la chica, y descubro que no es tímida sino que se cree elegante. La miro. Bostezo. Imagino que le dan una buena dieta de carne y leche. Y además le comprarán ropa. Paco toca a sus hijas, de todas maneras, aclara ella. ¿Sí? Sí. El campo no tiene más horarios que los del cielo. No hay un modo simple de hacer que los animales callen, ni que las plantas crezcan. Y la noche allí le pertenece a los aullidos. Julieta jamás habría querido mudarse al campo. Tampoco escribirá mañana, y yo tampoco volveré a servir una mesa en este sitio. No después de este día.

¿Sabes por qué soporto a Paco?, insiste ella. No. Porque me acuesto con los que trabajan con él. Con todos. Para que lo sepa un día, que su mujer se metió con todos. Mi padre trabajaba con él y yo viví en su casa desde niña y por eso yo... Le sostengo la mirada un segundo. ¿Cómo te llamas? Me llamo Cristina. Bueno, Cristina, cállate un rato, quieres. Ella bufa, pero baja sus ojos de perro. Y calla.

Paco, el paisano, sale de la casa abrazando a los viejos, que parecen aterrados pero sonríen. No se preocupen, no se preocupen, yo respondo por esto. Yo tengo las herramientas para resolver su problema.

Le entrego a la anciana el vaso vacío y ella, conmovida, me toma del brazo y me besa la mano. *Mátalo, hijo, mata al tipo que está rondando a mi hija, mátalo*, dice en su idioma. El viejo me la quita de encima, y ella sonríe un poco horriblemente cuando la meten a la casa.

El flaco me da otro poco de dinero y yo subo de un salto a la camioneta. Me entrega la caja de herramientas y un papel con una dirección escrita. Levanta las cejas y le da un golpecito al papel, y hace un gesto de asentimiento con la cabeza.

Luego comienza a silbar, trota hasta su asiento y con un ademán envía a Cristina atrás, conmigo. Pone el radio al máximo de volumen. Canta con voz muy entonada canciones de amor que suenan como las que canta mi familia cuando desayunamos juntos, cuando mi madre prepara el café y calienta las tortillas, y yo olvido el sueño que no me deja –ya es de día– para sentarme con mi hermano.

Y le digo a mi hermano, deja de reírte, pendejo, hijo de puta, los viejos pagaron mucho dinero y lo más fácil fue matar al flaco y quitárselo. Y aunque cambié de carro tres veces, la chica me siguió casi hasta la frontera, y se apareció en el hotel a la medianoche, y tuve que apuntarle con la pistola para que no se me metiera en la cama, y cuando me fui de allí todavía estaba diciendo tienes que acostarte conmigo, tienes que quedarte en la casa, Paco está muerto, tienes que quedarte en la casa.

Lo que quiero es irme al campo, y dejarle la noche a los perros y los grillos y entonces dormir. Madre, por favor, ya siéntese.

MI PRIMER CACHORRO MUERE

ME DESPERTARON otra vez los quejidos del perro. Parece que lo están matando, pensé antes de volver al calor de las mantas y el olvido del sueño. El perro había sido todo lo escandaloso que se pueda concebir durante la primera semana de las vacaciones y sus aullidos matinales adelantaban en una hora o más al despertador del padre de Ana. El despertador sonaba a las siete de la mañana y para entonces el perro ya estaba ronco, desencajado, y más resentido que un adolescente con padres divorciados.

Durante el desayuno, mientras mascábamos el pan con mantequilla, intenté tocar el tema de la histeria del perro. Myrna, la hermana menor, justificó el alboroto con la edad del animal.

–Óscar es un cachorro. Se despierta y se asusta porque está solo, o porque quiere jugar o porque tiene hambre. Es lo natural.

Myrna hablaba con acento de niña consentida, y al decir «es lo natural» sonaba como «ed do nadudal». El novio de Myrna, vestido con apretadas ropas de surfeador, abrió la boca para apoyar el punto. Tenía la boca llena de pan con mantequilla, una pasta viscosa y aperlada entre sus dientes blanquísimos.

–Óscar es bueno. Yo he visto perros que orinan los zapatos de la gente para que les pongan atención–. «Orinan» y no «se mean»: el novio guardaba las apariencias ante los suegros.

Ana apareció en la cocina, descalza y en camisa de dormir. Me besó en la mejilla pero se sentó junto a su padre. Dormíamos en habitaciones separadas del bungalow, las chicas en una recámara y el novio surfeador y yo en otra, porque a los padres de Ana les molestaba saber que sus hijas estaban en brazos de un hombre mientras ellos veían la televisión. Ana y yo vivíamos juntos en la ciudad y sus padres lo sabían. Nos habían regalado un microondas y una lámpara para el estudio. Pero el bungalow era su territorio y uno respeta los bungalows ajenos porque algún día tendrá uno y no querrá que nadie se acueste con sus hijas allí.

–¿Qué tal la noche? –preguntó Ana, adormilada, antes de beber una largo trago de café.

–Lo despertó Óscar –informó Myrna («Do dedpedtó Ódcad.»)

–Sí. Yo también lo escuché. ¿No estará enfermo?

–Es un cachorro –dijo el surfeador, escupiendo migajas de pan al aire.

–Óscar está perfectamente –remachó Myrna, molesta. («Ódcad edtá pedfedtamende.»)

El padre de Ana, que había estado mirando a los pelícanos a través de la ventana, intervino con tono aleccionador.

–Yo creo que tiene problemas para el baño. Eso mismo le pasaba a su tía, ¿recuerdan?

–¿Aullaba en las mañanas?

Sin mirarme, el padre se acomodó las gafas.

–La tía de Ana murió de una obstrucción intestinal hace años. Y sí: aullaba del dolor. Ese dolor la mató.

El hombre apretaba los puños. Una gota de sudor le bajó por la mejilla. Su esposa dejó la revista de crucigramas a un lado y le tomó la mano a través de la mesa, reconfortándolo.

—¿Por qué siempre logras que papá se enfade? —preguntó Ana un rato después, mientras mirábamos torear las olas a Myrna y al surfista desde la comodidad de la arena.

—No lo sé. No lo intento.

—Es hipertenso.

—¿La muerta era su hermana?

—No: una prima. Pero la llamábamos tía. Murió hace años.

En la orilla del mar, el cachorro ladraba y gemía, reclamando atenciones. Cojeaba de una pata y se iba de lado cuando intentaba correr.

—Tu padre dijo que el perro tenía problemas para el baño.

—Dijo que *quizá* los tenía.

—Un perro no *va al baño.*

—Y qué esperabas que dijera.

Un grupo de gaviotas hacía piruetas en el aire, unos veinte metros por encima de nuestras cabezas, lanzando miradas de gula al perrito. Sus gritos parecían trasmitir un mensaje de macabros apetitos. *Auaaaargh. Aaaaaargh. Comámonos al perro.* Probé a arrojarles una piedra, pero mis brazos no estaban habituados a la puntería. La piedra hizo una parábola inepta y acertó en la cabeza de Myrna, cerca de su oreja. Su novio observó mi brazo —mi brazo inmóvil, aterrado, tendido en el aire— y comenzó a reír.

—Estás loco —dijo Ana, mientras Myrna abrazaba a su perro y me dirigía una mirada de odio.

—No le tiré a tu hermana. Le tiré a las gaviotas.

—Por favor.

—Es verdad. Las gaviotas quieren comerse al perro. Lo están cercando.

—Estás loco —repitió Ana y se dio media vuelta.

Detesto a los perros desde que recuerdo. Cuando era niño y aprendí a caminar, mis primeros pasos fueron incordiados por el perro de los vecinos, que se colaba a nuestro jardín en busca de ratones y decidía brincarme a los hombros como muestra de afecto. Al menos eso decía mi madre, quien en lugar de librarme de la bestia que se me abalanzaba encima, corría por la cámara fotográfica para retratar el asalto.

Pese a ello, el perrito de mi cuñada provocaba compasión. No era normal que aullara de esa manera todas las mañanas, ni que escapara de cualquiera que no fuera su dueña con atemorizada celeridad. Óscar era uno de esos animales peludos y diminutos que suelen retorcerse a los pies de las viejas. No crecería mucho más de lo que ya lo había hecho –unos cuarenta centímetros–, ni daba la impresión de que fuera a educarse demasiado. Sería siempre un perro llorón, quizá se volviera ladino con los años y aprendería a morder a los niños en el tendón de Aquiles.

Myrna se lo acercó a los pechos como si se tratara de un bebé y le estrujó la cabeza con las manos. El perro sacó la lengua y la miró. De pronto, dio un largo aullido y saltó. Rodó por la arena y se arrastró sobre su vientre.

–¡Óscar! ¡Qué te pasa! –bramó Myrna, agachándose para retomarlo («¿Te siented bied, chidido?»). Entonces descubrió la herida, una abertura sangrante detrás de su pata. Myrna la había tocado sin saber de su existencia, lastimándolo. La herida se había llenado de arena y sus bordes negros anunciaban la inminencia de una infección.

El perro abría los ojos y babeaba. Le dolía, sin duda.

–Por eso cojea.

El surfista asomó por encima de mi hombro. Me volví a medias hacia él. Tenía una mueca de curiosidad casi infantil.

–¿No lo habrá picado algún bicho?

La herida era del tamaño de una moneda.

–Myrna cree que le tiraste una piedra a su perro –confesó Ana cuando bajamos al pueblo a comer.

El comedero estaba repleto de bañistas en calzones, que roían pescado frito rodeados por niños asoleados y malhumorados.

—¿Cómo le voy a atinar una piedra en la ingle a un perro de ese tamaño? Necesitaría un microscopio. El perro ya estaba herido. Por eso aúlla en las mañanas. Quizá un cangrejo se mete al bungalow y lo atormenta.

Ana se sacudió la arena de un pecho. Mordió su tostada. Un hombre pálido y arrugado en la mesa de enfrente levantó los binoculares, recorrió el lugar con la mirada y la posó finalmente en el escote de mi novia. Si yo fuera un torturador de perros, sería lo suficientemente agresivo para patear también a este imbécil, pensé. Ana siguió sacudiéndose la arena. Su pecho se balanceaba ligeramente. El de los binoculares estaría feliz.

Alguna vez le había reprochado a mi novia la facilidad que tenía para exhibirse ante desconocidos, la facilidad para desvestirse frente a la ventana y sacar la basura a la calle en una insuficiente bata de noche. Ana era una mujer de belleza francamente común, pero yo solía temer que acabaría matando de un infarto al anciano conserje de nuestro edificio, quien se detenía con cinismo ejemplar para mirarle las piernas bajo la falda desde el inicio de las escaleras, mientras ella se contoneaba.

Regresamos tarde, molestos el uno con el otro y sin hablarnos, en plena puesta de sol. Su familia estaba instalada en el porche de bungalow, observando el crepúsculo. Nadie me saludó. Myrna envolvió al perro con gesto protector. El surfista se empinó la botella de cerveza.

Ana quería ducharse. Me fui a la recámara. Desde mi cama se escuchaban las conversaciones de afuera. La madre murmuraba trozos de una vieja canción y Myrna le decía ternuras al perrito, que gemía suavemente. El padre explicaba la posición de las constelaciones de estrellas y confundía Orión con la Osa.

Ana abrió la puerta y se deslizó dentro de la habitación en silencio, pero rápidamente quedó claro que aquello no era ningún avance erótico. Quería hablar de su familia y del perro.

—Myrna y su chico no se hablan. ¿Los has visto? Creo que él no quiere al perro.

—O quizá está harto de hablar del perro.

—No. Algo pasó. No han cruzado palabra. Mis padres están preocupados.

—Tu padre no sabe distinguir Orión de la Osa.

Ana ensayó un amplio gesto de fastidio y salió de la habitación. Yo tardé poco en quedarme dormido.

Los gritos del perro eran aterradores esta vez. Amanecía. Salté de la cama y me arrojé hacia la puerta cerrada de la recámara. Pateé un mueble del pasillo con el dedo pequeño del pie. En un rincón, el perro lloraba a un volumen atronador. El novio de Myrna trataba de controlarlo con ruiditos tranquilizadores, pero no tuvo suerte: el perro se metió debajo de un sillón cuando trató de abrazarlo.

Myrna y Ana aparecieron en ese momento.

Yo me había dejado caer en una silla y me frotaba el dedo lastimado.

—¿Qué pateaste? —dijo Ana.

—¡Pateaste a Óscar, por eso está así! («¡Padeadte a Ódcar, hido de pudaaaaa!»).

Agachada a medias ante el sillón bajo el que se ocultaba su mascota, Myrna compuso otra mirada de obstinado odio para obsequiarme. Tras ella, el surfista se regalaba con la visión del trasero de su chica, medio salido de los pantaloncillos del pijama de verano.

—No pateé al perro. Me pegué con un mueble del pasillo.

Myrna se incorporó para agitar un puño tremebundo frente a mi cara.

—¡Pateaste a Óscar! ¡Tú le hiciste esa herida horrible con una piedra! («¡Eded un hido de puda y no medeces a mi hedmana!»)

El dedo se me había quedado lívido, la uña como un parabrisas estrellado.

Los suegros aparecieron, bostezando, varios minutos después, como si hubieran esperado en vano que las cosas se tranquilizaran antes de intervenir. El padre de Ana se mojó los labios varias veces pero no dijo nada. Su esposa le masajeaba los hombros desesperadamente, con manos crispadas, como si quisiera evitarle un colapso nervioso.

–Cuando llegué a la sala –dijo al fin el surfista–. El perro ya estaba llorando. Creo que vi una sombra en la ventana, un gato o algo.

–¿Un gato en el mar? Por favor –escupió el suegro con ironía.

–En el bungalow de la administración hay cinco gatos del tamaño de caballos. Allí pasan todo el día. Hay que ser idiota para no verlos –declaré entre dientes.

Ana me miró con espanto. Myrna, luego de asegurar entre lágrimas que su perro no volvería a dormir en la sala, se marchó a su habitación.

Mi dedo lastimado fue la excusa ideal para no acompañarlos en la excursión a una playa cercana que habían anticipado toda la semana. Me quedé en el bungalow, furioso, con la intención de embriagarme y mirar la televisión. Después de un rato, aburrido de fracasar en ambas cosas, me puse a esculcar las pertenencias encerradas en las maletas y cajones de todas las recámaras.

La ropa de los padres apestaba (olía a decadencia física, a bronceador y sal). La del surfista ni la toqué. La de Myrna olía, como ella, a flores y a perro. La de Ana ya la conocía y no me entretuve en olerla. En un cajón de la cocina encontré el punzón, un aparatejo con baterías que tenía la vaga apariencia de un consolador y servía en realidad para hacer grabados en madera. Tenía una mancha de sangre en la punta.

Mi madre insistió en comprarme un cachorro cuando cumplí cinco años. Jamás llegué a apreciar de verdad a aquella maraña de cabellos y garras que se afanaba en demostrarle cariño a mis piernas y me arañaba y me lamía los dedos de los pies si me quitaba los calcetines. Mi madre nos hizo desfilar juntos por parques, camellones, jardines y fiestas infantiles sin conseguir que jugáramos más allá de unos pocos minutos. Yo botaba al perro a la primera oportunidad y alguien más se entretenía en acariciarlo y tratar con él, y finalmente, cuando estábamos a punto de irnos, alguien lo traía de nuevo hacía mí, que esperaba junto al automóvil y sin aliento que se lo llevaran, que no regresara nunca.

Hasta que el perrito enfermó. Mi madre le había procurado todas las vacunas necesarias y lo alimentaba bien, pero un día el animal vomitó en la cocina, en los pies de mi madre cuando esta llamaba al veterinario, en el pasillo que conducía hacia la puerta de entrada, y siguió vomitando en el automóvil, aullando quedamente. Mi madre conducía demasiado deprisa, alterada y reprimiendo las lágrimas con dificultad. Yo le puse la mano en la cabeza al perro y, por primera vez, deseé que no se lo llevaran.

La habitación seguía oscura. La luz de la luna fluía por entre las cortinas. El surfista no estaba en su cama. Tardé unos segundos en darme cuenta de que el perro no ladraba y que por tanto no era él quien me había despertado. Alguien discutía junto a la ventana, en el porche del bungalow, con una voz que pretendía ser inaudible.

—No puedo, no puedo, a mis padres no les gusta. Ya sabes que no les gusta.

Eso lo decía Myrna, así que sonaba como «Da sabed que do led gudta». Un gruñido hizo notar que el surfista se enteraba del significado de la frase.

—Sería tan simple irnos al bungalow de al lado. Está vacío, se fueron esta mañana. Podemos entrar por la puerta trasera.

—No puedo. («Deda de pedídmelo»).

Me asomé todo lo discretamente que supe. Las siluetas de ambos brillaban a la luz de un foco asediado de moscos. Myrna tenía al perro bendito en los brazos. Regresé a la cama.

Seguía oscuro cuando desperté. Ana me sacudía.

—Myrna está como loca: no encontramos al perro por ninguna parte.

Me incorporé, abrumado por la estupidez del sueño. Ana intentó espabilarme encendiendo la luz. La cama del surfista seguía intacta.

—Tampoco él aparece. Discutieron y parece que se fue.

—Quizá se llevó al perro.

—No pudo haberse llevado al perro.

—Era suyo, después de todo.

—Era de Myrna.

—Pero él se lo regaló. Tenía derecho.

—No lo tenía. Levántate y ayúdame a buscarlo. No hay modo de que se fuera a esta hora. El primer camión pasa a las ocho de la mañana.

—¿Y qué hora es?

—Las seis.

Mis suegros estaban bebiendo café en la cocina. Parecían más fastidiados que tristes. El padre de Ana ni siquiera me miró, pero la madre contempló mi aparición —el cabello revuelto, los ojos medio cerrados, un pantalón corto, una playera rota y unas pantuflas por toda vestimenta— con cierta esperanza.

—Ojalá lo encuentren. Ya buscamos por todo el bungalow. Myrna está llorando en su habitación. No puede con esto.

¿Con lo del novio o con lo del perro? La madre no lo puntualizó.

Me eché una camisa de manga larga encima y salí al frío de la mañana armado —no se para qué— con una escoba. Ana me seguía, tiritando y con los brazos cruzados, cubierta con poco más que su pequeño pijama de imitación seda. Un anciano asomó por la ventana del bungalow de enfrente y la contempló. Ella descruzó los brazos y le sonrió.

—Buenos días. ¿No vio pasar a un muchacho con un perro?

El viejo la miró, imperturbable.

—Lleva ropas de surf y un perro. ¿No lo vio?

–No, señorita, no vi a nadie.

El anciano devolvió una sonrisa desdentada y cómplice. Ana tomó por el caminito de piedras que llevaba hacia el bungalow de la administración, y yo bajé hacia la playa por otro caminito idéntico, o quizá más destartalado, escoltado por macizos de flores amarillas.

No lloré cuando mi madre me informó que tendrían que operar al perro porque alguien lo había envenenado. No lloré cuando mi padre me recogió en la veterinaria, me llevó a la casa y me hizo de cenar –cereal y un bocadillo de queso– por vez primera en la vida. Lloré a solas, en mi recámara, acariciando uno de los juguetes de plástico del perro.

El perro.

No veía al perro pero escuchaba sus aullidos. Corrí hacia la playa. Le dolerían los golpes o tendría miedo. Creía escuchar cómo lo maldecían por lo bajo mientras le atinaban alguna que otra patada en el costillar. Lo imaginaba arrinconado, con las fauces abiertas y humeantes.

Entre los patios traseros de los bungalows alrededor de la playa no había más diferencia de la que podría haber entre una mosca y otra mosca, y yo daba saltitos por sobre los muros de ladrillo, o me agachaba a espiar entre las rendijas de los muros, y sólo miraba sillas destartaladas o rotas, palas y picos herrumbrosos, algún saco de carbón, alguna manguera con el pasto quemado bajo el cuerpo, alguna maceta con la tierra derramándose por una rotura del barro. No veía al perro ni a su torturador, pero los oía y los imaginaba, el perro sangrante y el ladrón jadeando por el esfuerzo de martirizarlo. Golpeando, golpeando como impulsado por alguna lujuria incontenible.

Había lujuria de por medio, por supuesto. El ladrón no había aceptado la negativa de Myrna y le había arrebatado el animal en venganza. Seguramente que era él quien se levantaba por las mañanas para golpearlo antes de que comenzara la vigilancia de su ama, seguramente era él quien le había provocado la herida de la pata con el punzón para grabar en madera —había sangre en la punta del punzón, sangre no muy seca—. Seguramente había llegado antes que yo a la escena del crimen porque el criminal era él.

Era un criminal muy triste. Estaba sentado a la orilla del mar, con sus sucias ropas de surfista, el perro aullándole sin control en los brazos. Intentaba calmarlo y lo acariciaba. Me acerqué con precaución, paso a paso, armado por la fuerza de mi escoba. El perro me miró, como implorante.

—Deja a ese perro —dije con voz de trueno.

Él no pareció escuchar. Se llevó una mano a la cabeza y apartó un mechón de pelo de sus ojos.

—Sólo un loco les hace daño a los perros.

Tenía los ojos llenos de lágrimas y rojas marcas de haber llorado toda la noche. Sorbió ruidosamente y apretó al perro contra su pecho. El animal gimió.

—Yo no hice nada.

—Lo golpeas. Lo golpeas, aunque sabes cómo lo quiere Myrna.

—Yo no lo hice.

—Dame al perro.

Él me miraba con creciente malestar.

—Déjame en paz.

—Dame al perro.

—Vete.

El primer escobazo —se lo asesté en mitad de la espalda— lo tomó por sorpresa y lo arrojó de bruces a la arena. El perro gimió, aplastado por el peso inmenso que lo sofocaba, pero logró escurrirse y escapó sendero arriba.

—¡No se les pega a los perros, hijo de puta! —decía yo, mientras le daba de escobazos en las piernas, en los brazos, en la cabeza. Él se retorcía, tragaba arena, se cubría un poco con las manos.

Ya se escuchaban pasos y voces a lo lejos.

—¡Aquí está Óscar! ¡Mamá, aquí está Óscar! —decía Ana con alegría.

La familia al completo apareció por el sendero. Ana, radiante, me miraba con calidez; Myrna, con el perro en el regazo, incluso me sonrió. Mi suegro me rodeó los hombros con el brazo, emocionado; su mujer aplaudía eufóricamente.

El surfista, tendido de mal modo en la arena, levantó la mirada buscando la de Myrna, pero ella sólo tenía ojos para el perro.

Mi suegro ayudó a pararse al surfista y le sacudió un poco la arena del pecho y el cabello.

—Joven, será mejor que se vaya.

La comida en mi honor transcurrió en un ambiente óptimo. Se repasó la historia de cómo di su merecido al surfista, se contaron anécdotas que ponían en evidencia su maldad latente («¿Pueden creer que use siempre esa ropa de colorines?»), se destaparon algunas botellas del vino barato que solían comprar.

Cuando todos se fueron a dormir, Ana me llevó a la recámara. Mordía y gruñía y besaba. Percibí a lo lejos, por primera vez en la vacaciones, el sonido de las olas rompiendo en la playa.

Mucho después, ya entre sueños, sentí que se acercaba a mi oído.

—¿Estás despierto? ¿Puedo decirte algo?

—Sí.

—Pero estás dormido.

—No. Dímelo.

—Bueno. Lo diré. Yo soy la que le pega al perro.

—…

—Me salgo a fumar temprano, porque a mi padre le molesta, y entonces le pego. Lo quemo con un punzón y le apago cigarros en las patas.

—¿Sí?

—Odio a los perros. Pero si quieres uno, lo cuidaré.

—¿Yo?

—Tú. ¿No quieres un perro?

El sueño tiraba de mí hacia un cómodo abismo de silencio y costaba resistirlo.

–No quiero un perro. Pero podríamos casarnos.

Cuando mi primer cachorro murió, cuando mi madre llegó a la casa con la cabeza gacha y me llevó a su habitación y me confesó que el cachorro no había soportado la operación, que había muerto, decidí que jamás volvería a llorar por un perro.

Marcos, *Quién* y yo

Para Álvaro y Julio

El *Delegado Zero* —antes *subcomandante insurgente Marcos*— vino a Guadalajara hace unos meses, junto con La Otra Campaña zapatista. No pude ir a vitorearlo a los diferentes actos en que participó porque tenía que trabajar, pero sí leí sus declaraciones con alborozo, gozo y regocijo.

Por ejemplo, la que pronunció en el venerable auditorio Salvador Allende de la UdeG, durante una reunión con intelectuales. «Leer *Letras Libres* o *Nexos* es como leer el *Quién* o *TV y Novelas*. Con la diferencia de que más gente lee *Quién* que *Letras Libres*», dijo allí el *Delegado Zero*, ganándose las risas de los presentes. Creo que nadie ha reparado en ello, pero *Marcos* —quiero decir, el *Delegado Zero*— es uno de los grandes humoristas contemporáneos.

Tengo la costumbre de publicar en *Letras Libres* cada cierto tiempo. O, mejor dicho, sus editores tienen la costumbre de publicarme. Por ello suelo ser tachado de «fascista» y «burgués», vergonzosa situación que lloro por las noches mientras arrojo ceniza a mi cabello y me rasgo las vestiduras. Pese a ello no ensayaré aquí una defensa de la publicación. Si no me depositaran 1600 pesos por texto —2500 cuando les mando un recibo de honorarios y tengo para la paquetería–, nunca se me ocurriría enviar mis proletarias líneas a una revista de ultraderecha, que colabora estrechamente con los propósitos de dominación del supremo gobierno (al menos eso dijo el *subdelegado Zero* y no estamos como para no hacerle caso).

No obstante, mi corazón quiere hacer una defensa de la revista *Quién*. O al menos de su personal. O al menos de la reportera y el fotógrafo que me entrevistaron y retrataron en mi departamento rentado en el centro de Guadalajara.

Porque, sí, hace unos años la revista *Quién* (edición Jalisco, cabe aclarar) decidió que era yo uno de los escritores jóvenes dignos de ser incluidos en un fotorreportaje sobre «escritores jóvenes dignos de ser incluidos en un fotorreportaje». Otra de las dignas era una poetisa de unos 45 años, muy simpática según se dice. Y el otro era un joven poeta laureado, probablemente el único escritor serio de la ciudad, a quien llamaremos Goytisolo.

Supongo que se me incluyó en la lista de *Quién* junto a la poetisa y a Goytisolo por lo mismo que se invita a Jamaica a las Olimpiadas de Invierno: para que a los ganadores les luzcan más las medallas rodeados de exóticos perdedores.

La invitación llegó de una manera casi pueril: una voz en el auricular de mi oficina. Acariciante, bamboleante. «¿Eres Antonio Ortuño? Hola, me llamo Fabia Urrutiacoechea y pues nos dijeron por ahí que escribes muy bien, ¿eh? Te lo juro. ¿Me das una entrevista?»

Fabia tenía voz de *hotline*. Por supuesto que le dije que sí. No sólo eso, sino que convencí a mi esposa de que se esfumara durante dos horas de la casa –el departamento rentado– el día fijado para la cita. Costó un poco de trabajo, porque nuestra hija tenía entonces ocho meses de nacida y asolearla tanto tiempo podía ser considerado una crueldad. Apelé al respeto conyugal, la separación de poderes y hasta al sufragio efectivo. Mi esposa no encontró argumentos para contenerme y acabó por agarrar a la beba y salirse a sentar a la glorieta de enfrente, con una provisión de cocacolas (para ella), leche (para la beba) y galletas (para ambas).

Yo rebusqué en los anaqueles hasta dar con el *after shave* que mi abuela me había obsequiado en Navidad. Me peiné. Me puse ropa informal y cómoda. Esparcí libros clave en puntos estratégicos: un Cioran junto al microondas, un La Rochefoucaud sobre el retrete, un Sterne en la sillita alta de la beba. Volví a peinarme. Sonó la puerta –no había timbres en el edificio porque el dueño, sobrino de Luis Barragán, estaba convencido de que los muros habían sido trazados por su ilustre antecesor y se oponía a que se les profanara con la colocación de cableado y plaquitas.

Fabia Urrutiacoechea no era bella: era un ángel. Púber, garbosamente despeinada, de formas ora esbeltas, ora vertiginosas. Usaba un arete en la nariz, como los toros, y llevaba la panza al aire. No una panza cualquiera, sino la panza de una ninfa, imperceptiblemente curva, cubierta de vello como un durazno y sin estrías. Algunas de mis compañeras de trabajo me habían mostrado la panza en circunstancias variadas –que no viene al caso recordar– y todas ellas, desde las cuarentonas hasta las que apenas habían salido de *prepa*, tenían estrías. Parecía que habían nacido con ellas. Un *gansito* comido a deshoras bastaba, al parecer, para ajarles la piel como si fuera el cuero de un equipal. Pero Fabia no tenía. Ella no comía *gansitos* sino cisnes.

«Cómo me gustan estas casas bohemias», dijo en cuanto asomó y procedió a sentarse en el sillón azul de la sala sin ser invitada. *Bohemia* quería decir «sucia, vieja, en general paupérrima y sin objetos de calidad visibles, pero con libros».

Yo le dije que sí, que las casas bohemias eran aturullantes. Su sonrisa conmovió mi plexo solar y mi gran simpático. «¿Cómo te llamas?» «Antonio Ortuño, todavía.» «¿Eres pariente de Marta Ortuño, la del *bistró* vasco en Polanco?» «No sólo no la conozco sino que no sé qué es un *bistró.*» Fabia sonrió otra vez, para gran conmoción de mi hipotálamo. «¿Hace cuánto que escribes?» «Desde siempre.» «Qué bonito. Yo quisiera escribir una novela con todo lo que me ha pasado...» «Si quieres cuéntame y yo la escribo.» Tercera risa. O yo era graciosísimo, que no, o Fabia era imbécil. «¿Y cuántos libros publicados tienes?» «Ninguno. Todavía. Pero creo que el próximo año sale mi novela.» «Ah, pues me la mandas para leerla. Seguro que me gusta.» Se lamió los labios y me miró de tal modo que me alegré de que mi esposa y la beba estuvieran en la glorieta, comiendo galletitas. Ya estaba pensando en dónde estarían los preservativos cuando volvieron a tocar la puerta. Y por ella entró Guido, el fotógrafo.

Guido no se llamaba de un modo tan estúpido, sino José Luis, pero insistía en el mote. «Qué casa tan linda. Me gustan los edificios bohemios. Fuimos a entrevistar a un poeta hace un rato y su casa parecía el Museo de Cera. Seguro que le roba las cosas a su abuelita», dijo el tipo. Así supe que Goytisolo no había pasado la prueba del buen gusto con el equipo de *Quién*. Esa ha sido siempre mi ventaja: como nadie espera nada de mí, luego se asombran de que no viva en el lodo, engullendo desperdicios y espantándome las moscas con un martillo.

La entrevista se detuvo. Fabia y Guido hablaron sobre el clima de Nueva York y los distintos tipos de ropa que se requerían para enfrentarlo con éxito. «¿Tú has ido a Nueva York?», me preguntaron. «Nunca he viajado más al norte de Monterrey.» Guido aventuró una explicación: «¿Le tienes miedo a los aviones?» Fabia aguardaba la respuesta con algo que parecía interés y que probablemente era un síntoma de epilepsia. «No. Más bien porque no tengo dinero.»

Ambos rieron, no sé si con malicia o pena. «Ah, pero cuando te den el Nobel, podrás viajar a donde sea», repuso Guido, cómplice. Fabia lo apoyó. «Sí, yo quiero leer tu novela.»

«Bueno, Goytisolo es un gran poeta y lo ganará cualquier día de estos», opuse yo. Ellos se mostraron escépticos. «¿Cómo crees? ¿Has visto su sala? ¡Es como la de mi tía!», deslizó ella. «Si por mí fuera, el Nobel te lo daban a ti y no a ese tipo», bufó el fotógrafo.

No era improbable que la Academia sueca pensara en términos muy semejantes a los de Fabia y Guido: «¿Y ese Borges qué escribe o qué? A mí se me hace que ha de ser bien mala onda...»

Posé para los retratos con sonrisa de campeón. Me puse de pie ante mis libreros, me quité la cachucha y me recosté en el sillón azul de la sala –caliente por haber contenido a Fabia, lo que hizo de aquel calor una sensación épica y voluptuosa– y luego posé mirando por la ventana, como si mirara el futuro, Estocolmo, los reyes de Suecia y la tienda donde alquilaría el esmoquin...

Lo que vi fue a mi mujer y a la beba. Mi mujer me preguntó con una seña si ya, y yo le dije que no, que esperara, que la entrevista aún no comenzaba.

Me equivoqué.

La entrevista ya había terminado. Las preguntas con que pensé que Fabia estaría rompiendo el hielo *eran* la entrevista. Cuando volví a la sala, ella y Guido tenían todo el equipo empacado y se disponían a marcharse.

«Avísame cuando salga la novela», dijo Fabia. «Seguro que me gusta.» Y me dio un beso que todavía me arde en la barbilla. Guido me palmoteó la espalda y comenzó a bajar la escalera. «Seguro que te dan a ti el Nobel. Y no a ese pendejo, ¿eh?»

Desde entonces guardo afecto por *Quién*. Y cuando el número salió impreso y vi mi fotografía del tamaño de una página, acompañada por el pie: «Antonio Ortuño, novelista prometedor», le juré a Fabia amor eterno.

Por eso y por las reacciones. Seguro que nadie lee *Letras Libres*, pero la *Quién* la leyeron mis vecinas –que comenzaron a sonreírme en la escalera–, mi casero –que sugirió que algún día pondría interfón– y mi esposa –que tardó un par de semanas en convencerse de que ninguna orgía había tenido lugar en el silloncito azul de la sala–.

Por eso me atrevo a refutar, con firme y burguesa convicción, a *Marcos-Zero*: que se meta con *Letras Libres* si le pega la gana, pero que deje a *Quién* en paz. Yo cambiaría todas mis colaboraciones de *Letras Libres* por la simple oportunidad de salir, aunque fuera una vez más, en las satinadas páginas de *Quién*.

PSEUDOEFEDRINA

Para David

LA PRIMERA EN ENFERMAR fue Miranda, la mayor. Nos contrariamos porque significaba no ir al cine el viernes, único día que mi suegro podía cuidar a las niñas. Pese a los estornudos Dina, mi mujer, insistió en que asistiéramos a la posada del *kinder*. «Es el último día de clases. Le cuidamos la gripa el fin de semana y el lunes nos vamos al mar.» Habíamos decidido pasar las vacaciones navideñas en la playa para no enfrentar otro año la polémica de con qué familia cenar, la suya o la mía.

En la posada había más padres que alumnos y más tostadas de cueritos y vasos de licor que caramelos y refrescos. «Muchos niños están enfermándose de gripa», justificó la directora. «Pero como los papás tenían los boletos comprados, pues vinieron.» «Miranda también está enfermándose», confesamos. «Por eso traemos tan envuelta a la bebé». Marta, de apenas siete meses, asomaba parte de la nariz y un cachete por el enredijo de mantas de lana.

Descubrí al formarme en la fila de la comida que algunas madres conservaban las tetas y nalgas en buen estado. Y descubrí que un padre había notado, a su vez, que las de mi esposa tampoco estaban mal. Platicaba con ella aprovechando mi lejanía. Los dos sonreían. El sujeto era bajito, gestos afeminados y ricitos negros. Entablé conversación con la madre de Ronaldo, mujer de unos treinta años y gesto de contenida amargura que mi esposa solía calificar de «cara de mal cogida». Claudia se llamaba, una de esas flacas engañosas que debajo de un cuello quebradizo y por sobre unas pantorrillas esmirriadas exhiben pechos y trasero más voluminosos de lo esperado. Se había puesto una arracada en la nariz y pintado los pelos del copete de color lila desde nuestro último encuentro. Como no se le conocía novio o marido, las madres del *kinder* vigilaban sus movimientos y más de una miró con inquietud cómo le ofrecía fuego para su cigarro y cómo ella me reía todo el repertorio de chistes con que suelo acercarme a las mujeres.

Regresamos a casa de mal humor. Miranda comenzó a llorar: tenía 39 de fiebre. Llamamos por teléfono al pediatra, que recomendó administrarle un gotero de paracetamol y dejarla dormir. También avisó que aquel viernes era su último día hábil: se iría a pasar la navidad al mar. «Como nosotros», le dije. «Bueno, pero si le sigue la fiebre a Miranda no deberían viajar», deslizó antes de colgar. «Déjame un recado en el buzón si se pone mal y procuraré llamarlos.» No le referí a Dina el comentario porque no quería tentar su histeria.

Medicada e inapetente, Miranda pasó la noche en nuestra cama mirando la televisión. Marta, quien dormía en su propia habitación desde los tres meses, fue minuciosamente envuelta en cuatro cobijas. Bajé el calentador eléctrico de lo alto de un armario y lo conecté junto a su puerta. La presencia de Miranda en nuestra cama evitó que Dina y yo hiciéramos el amor o lo intentáramos siquiera. De cualquier modo, el menor estornudo de las niñas le espantaba el apetito venéreo a mi mujer. Me dormí pensando en la nariz de Claudia y sus mechones color lila.

Se suponía que dedicaríamos la mañana del sábado a comprar ropa de playa y pagar facturas para viajar sin preocupaciones, pero Miranda despertó con 39,2 a pesar del paracetamol. Maquinalmente llamé al número del pediatra. Respondió el buzón. «Hola, soy el doctor Pardo. Si tienes una urgencia comunícate al número del hospital. Si no, deja tu recado.» Dejé mi recado.

Acordamos que mi esposa cuidaría a las niñas y yo saldría a liquidar las facturas y comprar juguetes de playa para Miranda, un bronceador de bebé para Marta, unas chancletas para Dina y una gorra de béisbol para mí. Había pensado convencer a Dina de comprarse un bikini pero preferí no mencionar el asunto. Lo compraría y se lo daría en la playa. Antes de salir me pareció escuchar ruidos en la recámara de Marta. Me asomé. Era un horno gracias al calentador eléctrico. Lo apagué. Marta estornudaba. Le retiré una de las mantas y abrí la ventana. Me fui sin avisarle a Dina. No quería tentar su histeria.

En el supermercado no había gente apenas. Desayuné molletes en la cafetería y pagué mis facturas en menos de diez minutos. Tomé un carrito y me dirigí a la sección de ropa. Por el camino obtuve la bolsa de juguetes de playa para Miranda y el bronceador de bebé. También un antigripal, una caja enorme y colorida que incluí en mi lista para que los enfermos no acabáramos por ser mi esposa y yo. Elegí luego una gorra de los Yanquis y una playera blanca, lisa. Para Dina, unas chancletas cerradas como las que yo acostumbro y que ella dice detestar pero siempre termina robando.

Recordé el plan del bikini. Morosamente, me acerqué a la sección de damas. Dina tenía un cuerpo ligeramente inarmónico. Como muchas mujeres que han tenido hijos pero no los han amamantado, sus caderas y trasero eran redondos pero sus senos seguían siendo pequeños, de adolescente. Así que me encontré desvalijando dos bikinis distintos para armarle uno a la medida.

«¿Compras ropa de mujer muy a menudo?» Claudia apareció junto a mi carrito, sonriente, las manos llenas de lencería atigrada. «En realidad no.» «Eso es muy cortito para Dina. No va a querer usarlo.» Era cierto pero me limité a sonreír como para darle a entender que mi esposa acostumbraba utilizar arreos sadomasoquistas y juguetes de goma cada viernes. La acompañé a los probadores para cuidar su carrito. No iba a probarse la lencería –cosa prohibida por el reglamento de higiene del supermercado– sino unos jeans. Fingí estar muy interesado en la etiqueta del antigripal mientras esperaba que saliera. El antigripal era un compuesto a base de pseudoefedrina y advertía que podía provocar lo mismo náuseas que mareos, resequedad de boca o babeo incontenible, somnolencia o insomnio, reacciones alérgicas notables y, en caso extremo, la muerte. Me di por satisfecho. «¿Cómo me ves?». Había salido para que le admirara el culo metido en los jeans. Se le veían bien, como toda la ropa demasiado pegada a las mujeres excesivamente dotadas de nalgas. Claudia había sonreído otra vez. Ya no tenía cara de mal cogida.

En las cajas nos topamos con la directora del *kinder*. Nos saludó muy amablemente hasta que su cerebelo avisó que Padre de carrito uno no emparejaba con Madre de carrito dos. Se despidió con una simple inclinación de cabeza. Mientras esperábamos pagar Claudia se puso a hojear una revista femenina y yo volví a explorar los misterios de la etiqueta del antigripal. Pseudoefedrina de la buena. «Aquí dice que a las mujeres en África les arrancan el clítoris», comentó sin levantar la mirada. «Y que el sexo anal es común allá y por eso el sida es incontrolable.» Levanté las cejas y ella lanzó una carcajada que contuvo con la mano. «Mejor que no oigan que hablamos de clítoris y sexo anal o el chisme va a ser peor.»

Como de hecho el chisme ya no podría ser peor le cargué las bolsas al automóvil y la ayudé a subirlas. Ella parecía dispuesta a conversar más pero me escurrí pretextando la gripa de Miranda. «También Ronaldito está malo.» «¿Dónde lo llevas al pediatra? El nuestro se fue de vacaciones y no responde a las llamadas.» Ella se puso las manos en la cadera. «No lo llevo al médico. Yo sé de homeopatía. Si quieres puedo darte medicina para tu niña.» No acepté pero ella insistió en colocarme en el bolsillo una tarjetita con su teléfono. «Llámame a cualquier hora si necesitas.»

Había un automóvil en mi lugar de la cochera, junto al de Dina. Entré con las bolsas en una mano y las llaves en la otra. No se escuchaba ruido, salvo los esporádicos estornudos de Marta. Miranda dormía, aparentemente sin fiebre. Imaginé que la directora había manejado a cien por hora a su casa para llamar a Dina y contarle que yo estaba en las cajas del supermercado hablando de clítoris y rectos africanos con Claudia. Imaginé a Dina armada con un cuchillo, esperando mi paso para degollarme.

En realidad estaba en la cocina tomando café con el tipo de los ricitos que la había admirado en la posada. Suyo era el automóvil usurpador. «No te oí llegar.» «Algún imbécil se estacionó en mi lugar.» El tipo me miró con resentimiento. «No es un imbécil: es Walter, el papá de Igor, el compañerito de Miranda. Es homeópata y lo llamé para que viera a las niñas porque el pediatra no contesta.» Walter se puso de pie y me extendió la mano. La estreché con jovialidad hipócrita. «Walter cree que Miranda no tiene gripa, sino cansancio, y que a Marta le están saliendo los dientes.» El homeópata hizo un par de inclinaciones de cabeza, respaldando el diagnóstico.

No suelo ser un tipo desconfiado, pero noté el rubor en el rostro de mi mujer. Y su olor. Olía como cuando accedía a hacer el amor a mi modo, menos neurótico que el suyo. La bragueta de Walter estaba abierta, lo que podía no querer decir nada. O sí. Miré al homeópata, abrí el bote de la pseudoefedrina, me serví un vaso de agua y me pasé dos pastillas. «Yo no creo en la homeopatía, Walter.» Él volvió a mirarme bélicamente. Dina torció la boca. «Y por favor quita tu automóvil de mi lugar. No me gusta dejar el automóvil en la calle. Por eso rento una casa con cochera.»

Walter se despidió de Dina con un beso en el dorso de la mano y salió en silencio, sacudiendo sus ricitos. Salí de la cocina antes de que se desataran las represalias.

En el comedor había una nota escrita a mano, con letras esmeradas que no eran las de mi mujer. La receta de la homeopatía. Memoricé los compuestos y las dosis. Marqué el número de Claudia, sosteniendo su tarjeta frente a mis ojos. Su letra era desgarbada, como ella. «¿Sí?» «Hola. Qué rápida. Estabas esperando que llamara.» Su risa clara en la bocina me puso de buen humor. Escuchó con escepticismo las recetas de Walter y bufó. «Una gripa es una gripa. Nadie estornuda porque le salga un diente o por estar cansado. Mira, lo que vas a hacer es comprar lo que te voy a decir y engañar a tu esposa para que piense que les das sus medicinas.» «¿Me estás pidiendo que engañe a mi mujer?» La risa como campana de Claudia llenó mis oídos.

«¿Con quién hablabas?» «Con el pediatra.» «¿Y qué dice?» «Nada. No responde. Le dejé recado en el buzón.» Dina estaba cruzada de brazos en el pasillo. Tenía cara de mal cogida. «Te portaste como un patán con Walter.» Acepté con la cabeza gacha. Mi táctica consistía en darle la razón y pretextar mis nervios por la enfermedad de las niñas. Dina me miraba con una intensidad que presagiaba o un pleito o un apareo corto y violento cuando Miranda se puso a llorar. Tenía 39,4 de fiebre. La metimos a la tina y le dimos paracetamol.

Dina no cocinó ni tuvimos ánimos de pedir comida por teléfono, así que cada quien asaltó el refrigerador a la hora que tuvo hambre. Yo me serví un plato de cereal con leche y me hice un bocadillo de mayonesa, como cuando tenía once años y mi madre no aparecía a comer por la casa. Al beber un largo trago de leche sentí cómo mi garganta se derretía. Tosí. Dina asomó por la puerta y me miró con horror. Otra tos respondió en la lejanía. Era Marta. Tenía 38,6. Dos escalofríos me recorrieron los omóplatos y los deltoides. No sabíamos cuánto paracetamol darle a la bebé.

El pediatra no respondió. Dina corrió a llamar a Walter. Yo me escondí y llamé a Claudia desde el celular. «Mis hijas tienen fiebre.» «¿Ya les comenzaste a dar las medicinas?» «No.» «Pues sería bueno que empezaras.» «¿No sabes cuánto paracetamol hay que darle a un niño?» «Yo no les doy paracetamol. Tiene efectos secundarios horrendos. Nacen con dos cabezas.» «Mis hijas ya nacieron, me temo.»

Dina salió de casa dando un portazo. Regresó a la media hora con una bolsa llena de medicamentos homeopáticos y un refresco de dieta. «¿Tomas refresco de dieta?» «A veces.» «A Walter no le gustan las gordas, seguro.» Aproveché su desconcierto para salir a la calle. No sabía dónde encontrar una farmacia homeopática, así que volví a llamar a Claudia. «Yo tengo lo que necesitas en la casa. Ven.» Lo que yo necesitaba era dejar a las niñas dormidas en sus cunas y meterme con Dina al yacuzi de un hotel en el mar y quitarle el bikini que le había comprado. Tardé en dar con la dirección. Abrió ella, despeinada y sin maquillar, con un suéter y gafas. Tenía a la mano ya una bolsa con frasquitos y un listado de dosis y horarios. Le pregunté por Ronaldo. «Está arriba, viendo la tele.» La casa era enorme y fea, como todas las heredadas. «Mi padre quería vivir cerca de la estación de bomberos. Lo obsesionaban los incendios. Por eso vivimos acá.» Mi carisma dependía de mis chistes y no tenía cabeza para decir ninguno en ese momento. Hice una mueca y me marché aparentando nerviosismo. Eso halaga más que un chiste.

Dina lloraba. Miranda tenía 39,6 y Marta, 39,1. No lloraba por eso. «Llamó la directora.» Supuse una conversación lánguida, llena de sobreentendidos. «¿Qué hacías en el supermercado con la puta de Claudia?» «Lo mismo que tú con el querido Walter: buscar consejo médico.» «¿Esa puta es doctora?» «Homeópata», dije, levantando la bolsita llena de frascos.

Hice un intento final por marcar el número del pediatra antes de administrar las primeras dosis de homeopatía.

Respondió su buzón. Murmuré una obscenidad y corté. Jugamos a suertes el primer turno. Perdí. Me ardía la garganta y la espalda murmuraba su lista de reclamos. Dina forcejeaba con Marta para darle las gotas. Tuve un acceso de tos. Dina amenazaba a Miranda para que tragara sus grageas. Opté por tirarme a dormitar en un sofá de la sala. Pensé en lo mal que se veía Claudia con gafas, en lo mal que Walter llenaba los pantalones, en Dina con ropa y sin ella. Desperté aterido. La casa estaba oscura y silenciosa. Me puse de pie, asaltado por un deseo intenso de orinar. Apenas saciado, la náusea me dominó. Maldije el bocadillo de mayonesa de la comida. Luego Dina daba de gritos y marcaba el teléfono. Miranda lloraba. Tendría fiebre. Marta estornudaba con la persistencia de un motor. Hacía calor, el sudor escurría hasta las comisuras de la boca. Me arrastré fuera del baño. Pedí agua con voz desvaneciente. Fui atendido. Bebí. Alcancé una alfombra. Me dejé caer.

Lo siguiente era Walter, sus manos largas en mis sienes. «Te desmayaste. Estás enfermo. ¿Tomaste alguna medicina?» «Pseudoefedrina, Walter, de la mejor.» «Seguro que eres alérgico.» Tras los ricitos del homeópata, Dina asomaba la cara. Quizá esperaba mi muerte. Quizá no. Quizá Walter la había hecho suya veloz e incómodamente frente a mis cerrados párpados. Tragué la solución que me fue ofrecida en un vasito minúsculo de homeópata profesional. Sabía a brandy o apenas menos mal. Logré incorporarme y caminar hasta la cama. Las náuseas regresaron, acompañadas de temblores y frío. No quería que Walter se fuera de mi lado, deseaba incluso acariciarle los ricitos con tal de que se quedara. Pero Miranda tenía 39,7 y Marta 39,4, así que se largó a atenderlas. Cerró la puerta de mi recámara tras de él y Dina lo siguió, sin acercárseme siquiera. La hembra opta por el macho más fuerte para asegurar una buena descendencia. Pero nuestras hijas ya habían nacido.

Marqué el número de Claudia. Por la ventana se veía un cielo oscuro que podría ser el de cualquier hora. Tardó en responder, dos, tres timbrazos. Ahora tenía tanto calor que si cerraba lo ojos saldrían disparados de las cuencas para estrellarse contra la pared. «¿Sí?» «Me desmayé. Parece que soy alérgico a la pseudoefedrina.» Un largo silencio. «¿Quieres que vaya? ¿Estás solo?» «Está Dina. Con Walter. No quiero molestarlos.» «¿Walter?» Otro largo silencio. «Ven mañana a las tres. Me aseguraré de estar solo.» «Bueno. Llevaré medicina.» «Ven tú, nada más.» «Como quieras.»

No lloraba desde los once años, cuando mi madre no aparecía en casa alguna noche. Lo hice quedamente, en la almohada. A las 2:24 de la madrugada me despertaron los números rojos del reloj digital y los gritos de Miranda. La niña tenía pesadillas o se había roto un brazo: la mcra fiebre no justificaba aquel escándalo. 39,6. Dina había olvidado darle el paracetamol o Walter había ordenado interrumpir su administración. Pero Walter no era el padre de la familia. Le di a Miranda la medicina, que tomó con admirable resignación, y la dormí acunada en brazos, pese a sus casi cinco años, susurrándole tonterías sobre gatos y conejos. Me levanté, mareado perpetuo. Pseudoefedrina. Me sentía sudoroso, acalorado, el corazón latía en los pies, el estómago, los dientes. Visité la recámara de Marta. 38,7. Tampoco le habían dado paracetamol. Interrumpí su sueño para hacerlo y la besé en la cabeza y las orejas hasta que sonrió. La dejé suavemente en la cuna.

Dina estaba dormida en la sala, agotada, con la falda medio subida en los muslos húmedos de sudor o cosas peores. Junto a su mano descansaba uno de esos prácticos vasitos de homeópata profesional. Olfateé su contenido. Sería alguna clase de supremo sedante. Comencé a acariciarle las piernas. No reaccionó. Le deslicé un dedo bajo los calzones y por las nalgas. Pasó saliva. Podría haberla montado todo un grupo versátil de veinte instrumentistas antes de despertarla. Seguro Walter le había dado aquello para apresurar el proceso de adulterio. Hija de puta. Lo peor es que había provocado que olvidara dar el paracetamol a las niñas o incluso le había prohibido hacerlo, nuevo amo ante una esclava demasiado tímida para desobedecer. Me asomé por la cortina. Su automóvil ya no estaba. Hijo de puta.

Subí, la boca terregosa, el corazón latiendo en los dedos, las pestañas, un tobillo. Las niñas respiraban pausadamente. Eran las 5:02. Me tiré en la cama y quizá dormí una hora, el cielo era negro aún cuando abrí los ojos. Hacía calor. Me estiré y supe que deseaba a Dina. Miranda dormía con los dedos dentro de la boca. 37,3. Marta roncaba ligeramente. 37,1. Tuve que quitarme la camiseta al salir al pasillo. Demasiado calor. Pseudoefedrina o antídoto de Walter. Una dosis ligeramente más alta me habría impulsado a bajar por un cuchillo a la cocina pero lo que quería era desnudar a Dina, morderla, arañarla. Apenas se movió cuando me deslicé en el sillón. Pensaba: cuando el tribunal me juzgue diré que fue la pseudoefedrina o culparé a Walter por darme un afrodisiaco incontrastable. Le levanté las faldas y suspiró. A tirones, me deshice de su ropa. Su cuerpo. 39,8. Le separé las piernas y comencé a besarla obstinadamente. Yo aullaba y gruñía, aunque parte del cerebro procuraba asordinar mis efusiones para no despertar a las niñas. Dina abrió unos ojos ebrios y comenzó a decir obscenidades. 40,3. Aullábamos y nos insultábamos, yo le decía que el culo de Claudia lucía guango incluso dentro de unos jeans apretados como piel de embutido y ella bordaba sobre la muy posible impotencia de Walter. Yo le mordía los pechos y ella me arañaba desastrosamente la espalda. Nos despertó un estruendo y una risa malvada. Era Miranda, en pie ya, había conseguido derribar la pila de revistas de su madre. Sin mirarnos Dina y yo nos alistamos y subimos. Miranda brincoteaba sobre mi libro ilustrado de las Cruzadas. La perseguí hasta su recámara y la mandé a hacer la maleta. Me miré en el espejo del pasillo. No sudaba y mi aspecto era el de costumbre, apenas despeinado. Fui por agua y sentí una punzada de hambre. Dina bajó con Marta en brazos. La bebé mordía el cuello de una jirafa de trapo con alegría de vampiro. «Se terminó el biberón», informó mi esposa con perplejidad. Desayunamos huevos con tortilla y bebí el primer café del día. Claudia estaba citada a las tres. Dina confesó que Walter pasaría a las dos y media. Decidimos precipitar la salida al mar. El hotel aceptó adelantar la reservación y cambiar los boletos de avión llevó cinco minutos.

Dina miraba la mesa. «¿Nos vamos, entonces?» Lo decía con decepción y esperanza. En el aeropuerto confesé la compra del bikini y se lo entregué. «Es muy pequeño para mí, me voy a ver gordísima.» Pasé el vuelo leyendo una revista médica. Tenía un artículo sobre la pseudoefedrina pero preferí omitirlo y concentrarme en uno sobre el cercenamiento de clítoris de las africanas y los métodos reconstructivos existentes. Dina y nuestras hijas cantaban.

En la playa pedimos sombrillas e instalamos a las niñas a salvo del sol. Marta untada de bronceador de bebé y Miranda tocada con un sombrerito de paja. No había turistas, apenas dos ancianos paseando a caballo, alejándose hacia el sur. El cielo era claro y espléndido. Escuché mi teléfono y acerqué una mano perezosa, dejándola pasear antes por el trasero de Dina, que se endureció ante el homenaje.

Era el pediatra.

Dejé que respondiera el buzón.

Doc Manhattan*

Para el señor Mariño

SI ME CORONO con sombra y relámpago, si respiro con la voz espantosa de los mares –la bóveda de los cielos enarcando apenas mi mano derecha, la más vertiginosa cordillera incrustada en mi pecho–, si me presento así a los ojos siempre azorados de los hombres, ellos verán apenas un pobre remedo de mi majestad. Soy, como quiso Emerson, la flecha y el blanco, la presa y su merodeador, el pánico que hace huir y las alas que, previéndolo, antecedieron la carrera.

Comprendo la necesidad de justificar esta desmesura aventurando una crónica. –Y, no obstante, descreo que la enumeración de tales fechas, tal nacionalidad y nombre propio, los inventarios minuciosos de enfermedades, hábitos y mujeres gozadas sean fundamento de comprensión alguna.

Nací americano. Profesé esa religión de incrédulos que suele ser la Ciencia. Un contubernio inesperado de sustancias y efectos, cuya descarga recibí –acaso por azar– durante un experimento, me despojó de la condición humana y condenó a esta apoteosis del ser que soy. Pero no. En mi visión, esa es mera cronología. Lo esencial tendría que ser (y es) la sutil conciencia de mi omnipoder.

Soy. Soy en todo tiempo, espacio y resquicio de existencia. ¿Debo añadir que tal estado, tal naturaleza, excede infinitamente las opacas posibilidades de un mortal? Y a pesar de ello, los hombres me toman por uno de los suyos. Potente fuera de toda medida quizá, pero hombre al fin.

Los americanos me creen su arma: yo gano para ellos sus continuas guerras en Oriente. Mediante el menor de mis deseos gobiernan el planeta. Me sé parte de su simplón juego, de su parafernalia de exageración y autoridad. No me disculparé: en cada instante (y los hay, innumerables aunque monótonos) tomo la decisión que entiendo natural. Su imperio era necesario en su momento y se habría forjado incluso sin mi concurrencia. Sólo hice inmediato un destino que tardaría años en manifestarse.

A pesar de todo, me creo mal pagado. Me llaman *Doc Manhattan* y me arrinconan junto a una piara de variopintos héroes populares en lo más polvoriento de su estima. Procedería contra ellos sin no fuera tan evidente su poca importancia. Su nula importancia. ¿Cómo no intervenir entonces entre las hormigas, los átomos, las galaxias? ¿Por qué habría de empujar un grano de sal, una pestaña, la manecilla de un reloj? (o en cambio, si tal es su destino, ¿por qué no hacerlo?).

Quizá mi inquietud se deba nada más a la cercanía con lo que fui (incluso el peor de los pasados causa nostalgia), a este exceso de recuerdos de carne y huesos, de sábados y domingos, de dirección postal, de angustias triviales y uñas que crecen, de mujer que desfallece en el propio abrazo.

Y es que no pasa un segundo que no me deje extenuado, anegado, como una inmensa piel asaltada por agujas, convertido el aire en fuego, la sangre en azufre, no pasa un segundo en que no maldiga este tedio infinito de Apocalipsis y creaciones, este abismo espiral tan semejante a lo que las ancianas llamaban infierno.

¿Cómo es que me atenaza el frío si soy más que un cuerpo, si puedo fundirme a cien mil grados en un instante? ¿Cómo pueden someterme la soledad y el horror si un parpadeo basta para poderlo todo, si en cada momento estoy con todos en todas partes? Si todo y nada son gemelos indistintos, ¿por qué me hacen sonreír una estrella o un cocuyo? ¿Por qué persisto en sostener este cuerpo humano (humano, por más azul que sea mi piel o vacíos mis ojos) que me encadena a mi origen y, consecuentemente, a mi desgracia? ¿Cómo, si soy el universo, anhelo dormir como cualquier labriego cansado?

Las distancias inimaginables, la perpetua noche, el taller donde caos y orden martillean mundos incesantes, la constante aurora, el rugido gigantesco de constelaciones que estallan, no me han curado de mi vil condición, de mi génesis innoble y fangoso.

Tristemente, soy tan hombre aún que alguna tarde he vuelto a la que fue mi casa, deslizándome bajo la puerta y me he sentado a esperar. Y allí sentado, sospecho. Sospecho que en algún lugar existe alguien que fue el universo antes de que yo lo fuera, alguien que conoce la ruta para salir de este insomne miedo, alguien que observa y permanece, que emerge y se hunde, crea y recrea, designa el acontecimiento de cada segundo y lo hace volar hasta el centro de su minúsculo blanco en una progresión compleja y sencilla, como el goteo en un bosque tras la lluvia, alguien que recuerda el nombre del Doc Manhattan, alguien que se sienta, invisible, a su lado o al tuyo, y se apiada. Alguien que escribe esta línea.

(* *Doctor Manhattan es uno de los personajes del cómic* Watchmen, *editado por la casa Dark Horse. Tiene la piel azul, usa una trusa de lo más canónica, y lleva un signo atómico en la frente*).

La mano izquierda

Para Víctor

YO HABÍA SIDO VENCIDO en nueve certámenes consecutivos por Antinoo de Argos, el amado de las musas.

Lo favorecían Myriam, la querida oriental de Filipo el tirano, y una copiosa camarilla de trotonas y afeminados.

Antinoo era un efebo de maneras equívocas. En sus composiciones bullía ese acento cortesano de melancolía hipócrita que se afana en complacer el sentimentalismo de las mujeres. Concurría a los certámenes exhibiendo sus más coloridos ropajes, meneando sus caderas como una moza, celebrado por una abigarrada tropa de aduladores que lo coronaba con laurel al triunfar.

Si se le acusaba de espiritista y hechicero, si se le reprochaban sus comprobadas impiedades, Antinoo jamás negaba nada; se limitaba a sonreír. Su hipnosis era profunda aún sobre nosotros, sus enemigos.

Y por eso yo, Lisístrato, heraldo de la desgracia, debía conformarme con la cabra recién parida o la canasta de huevos que solía otorgar el segundo premio de los certámenes. Nueve canastas almacenaba ya la alacena de mi dignidad.

Por supuesto que existían otros concursantes: damas sin juventud ni talento, campesinos de lerdo paso y torpe expresión, ancianos versificadores de su nulidad. Lo cierto es que sólo Antinoo y yo, en la corte de Filipo el tirano, aspirábamos al triunfo. Pero yo no era, como él, descendiente de una sibila y mi raíz no pertenecía al partido aristócrata, lo que me hacía antipático a los ojos de Myriam, de los jueces y de la muchedumbre.

La noche del décimo certamen me arropé con galas negras. Mis pasos resonaron en el abarrotado salón de Apolo y mi sombra lo cubrió por completo. Traje la densa oscuridad de mis palabras, y el presentimiento del hado más cruel, el inevitable, arañó las gargantas de la los asistentes. Las mujeres chillaron, horrorizadas. Los contados hombres blasfemaron. El tembloroso Filipo fue presa del sudor más copioso, y Myriam, a su lado, se tapaba los ojos y los oídos todo lo que le permitían sus pálidas manos enjoyadas. El puño del talento de Lisístrato los aplastaba.

El único insensible era Antinoo. Me miraba con sorna. Era el sol de aquella sala, y bien sabía que una mueca suya bastaría para desvanecer mi tempestad, que una sola de las hebras coloridas de su capa devolvería la luz a los ojos y haría caer mis pesados harapos de miedo ante los ojos de la multitud.

–Bien dicho, Lisístrato, bien dicho sin duda –me susurró con alguna coquetería, estrujándome el brazo con su mano izquierda cuando bajé del estrado. Sentí una punzada en el costado, un alfilerazo o quizá un repentino miedo de perder, otra vez, el premio que mis afanes reclamaban.

Antinoo caminó mansamente a la escena. Un gozoso silencio lo saludó y un coro de gruñidos complacidos lo cobijó mientras pronunciaba sus líneas de amor, placer y deleite. Las risas regresaron a la sala y las manos de Myriam se enlazaron con las del tirano, y Filipo miraba el horizonte como perdido en recuerdos memorables. Así obtuvo Antinoo su décimo triunfo.

Yo huí por calles oscuras.

Desperté al amanecer, confortado por una sensación de placidez desconocida para mí –era un hombre viejo, era un hombre que no esperaba cura ni redención a su vejez–. Me acerqué a un espejo, impulsado por el interés de contemplar la cara de ese cuerpo despojado de dolores y esa alma arrebatada a la pena.

El espejo no mostró mi imagen sino la de una doncella, ni demasiado alta ni demasiado hermosa. Un alfilerazo en el costado le quitó el aliento. Se recobró al instante pero estaba aterrada, estrelló el espejo y perpetró cualquier insulto que pudo recordar sobre la memoria de su padre y escupió al lavamanos su odio bestial contra los dioses. En un arranque, llevó la imagen de Febo Apolo que adoraba al brasero y la entregó a las llamas. El ácido llanto la derrumbó, finalmente, en un diván. Un sol se levantó y cayó sin que el llanto se detuviera.

La fatiga trajo la inconsciencia, pero el despertar le devolvió un lamentable lengüetazo de esperanza. Me arrastré al espejo. Ella seguía allí, en mi lugar, en mi cuerpo. Su mueca se descompuso en un gesto de ruina. Volvió al diván y al llanto.

Jamás había pasado el día con una mujer. Solían huir de mí, atemorizadas quizá por mi figura alta y lúgubre, quizá por el putrefacto olor de mis ropas. La curiosidad fue ganando paso al miedo. Sola en casa, y sin servidumbre o parientes que censuraran esa soledad, me dispuse a explorar mis nuevos encantos. A la caída del sol, presa de una euforia denigrante y deliciosa, me bañé y perfumé bajo estrellas frías.

El camino a la casa de Antinoo no me era desconocido y la impaciencia me ayudó a recorrerlo en breves pasos. Él me esperaba en una habitación con aroma de sándalo. Había despedido a la servidumbre y estaba solo, con una copa de fragante cordial en la mano, rodeado de manjares.

–Dos días te he esperado –declaró–. Dos días y sólo tres debe durar tu transformación. Al amanecer serás Lisístrato de nuevo y el placer te volverá a ser negado. Hemos perdido el tiempo.

El deseo mc abrasaba las entrañas.

–El deseo –dijo Antinoo–. El deseo es la peor de las traiciones.

Fornicamos en el inmenso lecho de plumas.

–Quiero verte cambiar –dijo él–. Quiero ver cómo vuelves a ser el otro cuando salga el sol.

Saciada y eufórica, yo comprendía el menor de sus deseos y comprendía también el encanto animal de sus ojos y sus palabras.

–¿Por qué? ¿Por qué yo? –dije.

El brujo, el poeta, me miró con un asomo de impaciencia.

–Por capricho. Mi mano izquierda, la que te pinchó, es capaz de cumplir esos caprichos –susurró a mis oídos.

El sueño lo atenazaba ya. La noche comenzaba a alejarse, cojeando hacia el horizonte. Y entonces me deslicé de sus brazos, tomé el sable enjoyado que pendía del muro –el sable que el tirano y su barragana le habían obsequiado como décimo premio a su poesía– y rebané su cuello.

Su mano izquierda trató, en el espasmo final, de alcanzar su garganta y recomponer el mecanismo de su aliento, pero un diestro tajo la cercenó para siempre.

El copón de vino rodó al piso con estrépito. Lejos, pero no demasiado lejos, los guardias y servidores de Antinoo se revolvieron. Habían vuelto. Antes de que yo terminara de vestirme, el primero asomó por la puerta. Contempló el cuerpo decapitado de su amo y un gemido se le atoró en la garganta. Yo salté por la ventana.

–¡Es una mujer! ¡Ha asesinado al amo! –bramaba el esbirro a mis espaldas.

Caí en un jardín minúsculo y gané la calle en unas pocas zancadas.

–¡Atrapen a la mujer! ¡Asesina!

Escapé por una callejuela. La euforia nocturna se agotaba en mi espíritu. Las voces de los esbirros resonaban en el fondo del callejón. Escuché el desenvainar de sus cuchillos y tuve que imaginar la peste de sus alientos.

Me detuve al final de la calle. Resoplaba. El río se encontraba a unos pasos, pero no tenía fuerzas para saltar a él. El sol asomó por encima de un muro, iluminándome. Me enderecé con difíciles contorsiones. El grupo de sicarios me contempló. Lo encabezaba el sirviente de Antinoo, al que enfrenté sin desprecio.

–Buscamos a una mujer, viejo. Una mujer delgada, de cabello negro.

Señalé a mi derecha y ellos se lanzaron calle abajo, hacia el muro de piedra y más allá, hacia los bosquecillos que rodeaban la ciudad.

La mano de Antinoo, oculta bajo mis ropas, me acariciaba el pecho.

Yo soy Lisístrato.

Yo nunca pude ganar más que el segundo premio.

Yo camino y vuelo.

EL TRABAJO DEL GALLO

Para los señores Sergio y Payó

MARCO, EL GORDO, se resigna al entusiasmo por el cuadro: el cuerpo de la muchacha inventado a golpes, derrumbado en la alfombra de un motel más o menos intolerable, expeliendo por cada orificio su cuota de sangre.

¿Qué habrá hecho la chica para que le pasara esto?, piensa retrocediendo al teléfono, con la intención de dar aviso a la policía. No llega a levantarlo.

Ella vive. Respira de pronto, pastosamente, y trata de apartarse los jirones de cabello de la frente. Tiene unos rasgos indistintos, salpicados de acné. Un pantalón y una prenda interior infantil rodean sus tobillos. Resopla como un cobayo.

En el vientre lleva las rojas marcas de la dentadura de su cliente, el profesionista delgado y obsequioso que huyó hace unos minutos a bordo de un taxi, lanzando risotadas dementes.

La chica tiembla. Se protege los senos de un ataque invisible con movimientos de espasmo. El cliente, juguetón, le desgarró la sudadera y le ilustró el torso con un abrecartas. Jadea. Abre los ojos y los vuelve a cerrar, ofendida por el resplandor del neón. Se contrae como una oruga.

Marco recuerda los quejidos de parto de Penélope, su perra. Una perra. La rutina. Las quemaduras de cigarro en los muslos, las tarascadas en los pechos, la involuntaria sodomía son sólo rutina para una chica como esta. Marco piensa que podría ser peor. Torpe, como un zepelín, da vueltas en torno a ella sin dejar de mirarla. Entiende que debería llamar a la patrulla. Transpira. Ya tiene la camiseta empapada, comenzó a sudar cuando los gritos lo hicieron saltar de la hamaca, tomar el revólver y desplazarse resoplando a la suite 12.

Sus dedos se resisten nuevamente a tomar el auricular. Una sombra de deseo le aletea en el pecho y baja como una descarga. Decide que el asunto no es tan grave. No es la primera vez que pasa aquí, no es la primera.

Se agazapa penosamente junto al cuerpo, a cuatro patas, en un difícil y paquidermo equilibrio. Deja el revólver en la alfombra y se tironea el cierre de los pantalones. Acerca una mano temblona a la chica y le rebusca entre la sangre del vientre con torpeza, como si fuera a sacar el boleto de una tómbola.

Ella gime. Marco, ambicioso, concibe alguna esperanza de que ella se le entregue. Se acomoda lentamente sobre el cuerpo, y se sabe vencido casi desde el principio, hormiguente ya de placer un segundo antes de sentirla. Se exige más. Otro poco. Otro.

Con dolor, los ojos de la chica se abren de nuevo. Lo enfoca y de inmediato lo cataloga. Con deliberación, sus labios forman una mueca de asco.

Marco, agotado, la perdona. Incluso la dejará volver al motel, aunque no suele permitírselo a las chicas, como ella, que le dan problemas a los clientes. La fragilidad del éxtasis lo doma. Le sonríe a ella, a la alfombra, al revólver, al cortinaje marrón con grecas verdes, al traqueteante ventilador. Una dulzona arcada le llena la boca: es felicidad.

Suavemente, la chica toma el revólver, ridículamente, con los diez dedos, lo eleva hasta el salivoso paladar del gordo que, tocado por la comprensión, pretende cubrirse con sus dedos manchados de secreciones.

Ella muestra los dientes y hace el disparo.

| NOTA FINAL |

EL AUTOR AGRADECE a las revistas *Letras libres*, *Cuaderno Salmón*, *Lateral* y *Parque Nandino* (+) por su hospitalidad.

Este libro se terminó
de imprimir en marzo
del año 2007.